Lendo & Relendo
CONTO

Antologia do conto brasileiro
Do Romantismo ao Modernismo

Bernardo Guimarães
Álvares de Azevedo
Machado de Assis
Artur Azevedo
Simões Lopes Neto
Coelho Neto
Valdomiro Silveira
Lima Barreto
António de Alcântara Machado
Bernardo Élis
Murilo Rubião
Lygia Fagundes Telles
Osman Lins
Dalton Trevisan
Clarice Lispector
Ricardo Ramos
Wander Piroli
João Antônio

DE ACORDO COM AS NOVAS NORMAS ORTOGRÁFICAS

Organização e apresentação de Douglas Tufano

2ª edição
26ª impressão

MODERNA

1ª edição 1994

COORDENAÇÃO EDITORIAL Maria Inés Olaran Múgica
Maristela Petrili de Almeida Leite
EDIÇÃO DE TEXTO Erika Alonso
COORDENAÇÃO DE PRODUÇÃO GRÁFICA André Monteiro, Maria de Lourdes Rodrigues
COORDENAÇÃO DE REVISÃO Estevam Vieira Lédo Jr.
REVISÃO Rita Lopes
EDIÇÃO DE ARTE, CAPA E PROJETO GRÁFICO Ricardo Postacchini
ILUSTRAÇÕES Eduardo Albini
DIAGRAMAÇÃO Camila Fiorenza Crispino
COORDENAÇÃO DE TRATAMENTO DE IMAGENS Américo Jesus
TRATAMENTO DE IMAGENS Fábio N. Precendo
SAÍDA DE FILMES Helio P. de Souza Filho, Marcio Hideyuki Kamoto
COORDENAÇÃO DE PRODUÇÃO INDUSTRIAL Wilson Aparecido Troque
IMPRESSÃO E ACABAMENTO Corprint Gráfica e Editora Ltda.

Dados Internacionais de Catalogação na Publicação (CIP)
(Câmara Brasileira do Livro, SP, Brasil)

Antologia do conto brasileiro : do romantismo ao modernismo / organização e apresentação de Douglas Tufano. — 2. ed. — São Paulo : Moderna, 2005. — (Lendo & relendo)

Vários autores.

1. Contos brasileiros - Coletâneas
2. Modernismo - Brasil 3. Romantismo - Brasil
I. Tufano, Douglas. II. Série.

05-3173 CDD-869.9308

Índices para catálogo sistemático:

1. Antologia : Contos : Literatra brasileira 869.9308
2. Contos : Antologia : Literatura brasileira 869.9308

ISBN 85-16-03992-7

EDITORA MODERNA LTDA.
Rua Padre Adelino, 758 - Belenzinho
São Paulo - SP - Brasil - CEP 03303-904
Vendas e Atendimento: Tel. (0_ _11) 2790-1300
Fax (0_ _11) 2790-1501
www.modernaliteratura.com.br
2013

Impresso no Brasil

1 3 5 7 9 10 8 6 4 2

SUMÁRIO

CAMINHOS DO CONTO

O objetivo principal desta antologia é oferecer aos estudantes um painel das mais importantes tendências do conto brasileiro, desde sua origem até hoje.

Organizada em ordem cronológica, a antologia começa no século XIX, com o Romantismo, e vem até os nossos dias. É claro que, dada a limitação de espaço, a seleção dos autores, como em toda antologia, revela as preferências do organizador. O explícito objetivo didático deste trabalho, no entanto, nos fez atentar para aqueles que a crítica especializada, de modo geral, aponta como marcos importantes na história do nosso conto, prevalecendo, assim, o critério histórico. Com este material, o professor tem a oportunidade de desenvolver em sala de aula um trabalho não só vertical, de análise individual dos contos, mas também um trabalho horizontal, de comparação dos diversos autores e estilos.

Ainda com relação aos autores selecionados, é preciso esclarecer que a ausência de alguns nomes historicamente importantes — como Guimarães Rosa, por exemplo — deveu-se à impossibilidade de se obter a autorização legal para a publicação de seus textos.

Além da intenção de oferecer um material didático que possa contribuir para o estudo da história do conto brasileiro em nossas escolas, pretendemos, com esta antologia, despertar nos alunos o interesse em conhecer outros textos dos autores selecionados, ampliando, assim, sua visão da literatura brasileira. Para isso, é importante a atuação do professor, que deve ser não aquele que tudo explica, mas aquele que estimula a troca de ideias, que sugere outros textos para comparação, fazendo da leitura não apenas o cumprimento de uma tarefa escolar, mas principalmente um momento de descoberta e prazer intelectual.

Douglas Tufano

Douglas Tufano nasceu em São Paulo e é formado em Letras e Pedagogia pela Universidade de São Paulo, onde fez também pós-graduação em História e Filosofia da Educação. É professor de literatura e autor de várias obras didáticas para estudantes do Ensino Fundamental e Médio. Há muitos anos ministra cursos de capacitação para professores de todo o Brasil, a convite de Secretarias de Educação e instituições particulares de ensino.

BERNARDO GUIMARÃES

A dança dos ossos

I

A noite, límpida e calma, tinha sucedido a uma tarde de pavorosa tormenta, nas profundas e vastas florestas que bordam as margens do Paranaíba, nos limites entre as províncias de Minas e de Goiás.

Eu viajava por esses lugares, e acabava de chegar ao porto, ou recebedoria, que há entre as duas províncias. Antes de entrar na mata, a tempestade tinha me surpreendido nas vastas e risonhas campinas que se estendem até a pequena cidade de Catalão, donde eu havia partido.

Seriam nove a dez horas da noite; junto a um fogo aceso defronte da porta da pequena casa da recebedoria, estava eu, com mais algumas pessoas, aquecendo os membros resfriados pelo terrível banho que a meu pesar tomara. A alguns passos de nós se desdobrava o largo veio do rio, refletindo em uma chispa retorcida, como uma serpente de fogo, o clarão avermelhado da fogueira. Por trás de nós estavam os cercados e as casinhas dos poucos habitantes desse lugar, e, por trás dessas casinhas, estendiam-se as florestas sem fim.

No meio do silêncio geral e profundo sobressaía o rugido monótono de uma cachoeira próxima, que ora estrugia como se estivesse a alguns passos de distância, ora quase se esvaecia em abafados murmúrios, conforme o correr da viração.

No sertão, ao cair da noite, todos tratam de dormir, como os passarinhos. As trevas e o silêncio são sagrados ao sono, que é o silêncio da alma.

Só o homem nas grandes cidades, o tigre nas florestas, o mocho nas ruínas, as estrelas no céu e o gênio na solidão do gabinete costumam velar nessas horas que a natureza consagra ao repouso.

Entretanto, eu e meus companheiros, sem pertencer a nenhuma dessas classes, por uma exceção de regra estávamos acordados a essas horas.

Meus companheiros eram bons e robustos caboclos, dessa raça semisselvática e nômade, de origem dúbia entre o indígena e o africano, que vagueia pelas infindas florestas que correm ao longo do Paranaíba, e cujos nomes, decerto, não se acham inscritos nos assentos das freguesias, e nem figuram nas estatísticas que dão ao império... não sei quantos milhões de habitantes.

O mais velho deles, de nome Cirino, era o mestre da barca que dava passagem aos viandantes.

De bom grado eu o compararia a Caronte, barqueiro do Averno, se as ondas turbulentas e ruidosas do Paranaíba, que vão quebrando o silêncio dessas risonhas solidões cobertas da mais vigorosa e luxuriante vegetação, pudessem ser comparadas às águas silenciosas e letárgicas do Aqueronte[1].

— Meu amo, decerto, saiu hoje muito tarde da cidade? — perguntou-me ele.

— Não, era apenas meio-dia. O que me atrasou foi o aguaceiro, que me pilhou em caminho. A chuva era tanta e tão forte o vento que meu cavalo quase não podia andar. Se não fosse isso, ao pôr do sol eu estava aqui.

— Então, quando entrou na mata, já era noite?...

— Oh, se era!... Já tinha anoitecido havia mais de uma hora.

— E vosmecê não viu aí, no caminho, nada que o incomodasse?...

— Nada, Cirino, a não ser às vezes o mau caminho, e o frio, pois eu vinha ensopado da cabeça até os pés.

— Deveras, não viu nada, nada? É o primeiro!... Pois hoje que dia é?...

— Hoje é sábado.

— Sábado!... Que me diz? E eu, na mente que hoje era sexta-feira!... Oh! Senhorinha!...

1. Na mitologia greco-romana, Aqueronte é o rio que as almas devem atravessar para chegar ao reino subterrâneo dos mortos, chamado Inferno. Esse rio tem as águas quase paradas e suas margens são cheias de lodo. Um barqueiro, Caronte, tem a missão de passar as almas de uma margem para outra. Em paga, os mortos são obrigados a dar-lhe uma moeda. Daí vinha o costume de se colocar uma moeda na boca dos

Eu tinha precisão de ir hoje ao campo buscar umas linhas que encomendei para meus anzóis, e não fui, porque esta minha gentinha de casa me disse que hoje era sexta-feira... E esta!... E hoje, com esta chuva, era dia de pegar muito peixe... Oh! Senhorinha! — gritou o velho com mais força.

A esse grito apareceu, saindo de um casebre vizinho, uma menina de oito a dez anos, fusca e bronzeada, quase nua, bocejando e esfregando os olhos; mas que mostrava ser uma criaturinha esperta e viva como uma capivara.

— Então, senhorinha, como é que tu vais me dizer que hoje era sexta-feira?... Ah! Cachorrinha! Deixa-te estar, que amanhã tu me pagas... Então hoje que dia é?...

— Eu também não sei, papai, foi a mamãe que me mandou que falasse que hoje era sexta...

— É o que tua mãe sabe te ensinar; é a mentir!... Deixa, que vocês outra vez não me enganam mais. Sai daqui; vai-te embora dormir, velhaquinha.

Depois que a menina, assim enxotada, se retirou, lançando um olhar cobiçoso sobre umas espigas de milho verde que os caboclos estavam a assar, o velho continuou:

— Veja o que são artes de mulher! A minha velha é muito ciumenta e inventa todos os modos de não me deixar um passo fora daqui. Agora não me resta um só anzol com linha, o último lá se foi esta noite na boca de um dourado; e, por culpa

cadáveres no momento em que iam ser sepultados. O Lago de Averno, que se situa no sul da Itália, era considerado a entrada desse reino subterrâneo.

dessa gente, não tenho maneiras de ir matar um peixe para meu amo almoçar amanhã!...

— Não te dê esse cuidado, Cirino; mas conta-me que te importava que hoje fosse sexta ou sábado para ires ao campo buscar as tuas linhas?...

— O quê!... Meu amo? Eu atravessar o caminho dessa mata em dia de sexta-feira?!... É mais fácil eu descer por esse rio abaixo em uma canoa sem remo!... Não era à toa que eu estava perguntando se não lhe aconteceu nada no caminho.

— Mas que há nesse caminho?... Conta-me, eu não vi nada.

— E nem podia ver; o que lhe valeu foi não ser hoje sexta-feira, senão havia de ver como eu vi...

— Mas ver o quê, Cirino?

— Vosmecê não viu, daqui a obra de três quartos de légua, à mão direita de quem vem, um meio claro na beirada do caminho e uma cova meio aberta com uma cruz de pau?

— Não reparei; mas sei que há por aí uma sepultura de que se contam muitas histórias.

— Pois muito bem! Aí nessa cova é que foi enterrado o defunto Joaquim Paulista. Mas é a alma dele só que mora aí: o corpo mesmo, esse anda espatifado aí por essas matas, que ninguém mais sabe dele.

— Ora, valha-te Deus, Cirino! Não te posso entender. Até aqui eu acreditava que, quando se morre, o corpo vai para a sepultura e a alma para o céu, ou para o inferno, conforme as suas boas ou más obras. Mas, com o teu defunto, vejo agora, pela primeira vez, que se trocaram os papéis: a alma fica enterrada e o corpo vai passear.

— Vosmecê não quererá acreditar!... Pois é coisa sabida aqui, em toda esta redondeza, que os ossos de Joaquim Paulista não estão dentro dessa cova e que só vão lá nas sextas-feiras para assombrar os viventes; e desgraçado daquele que passar aí em noite de sexta-feira!...

— Que acontece?...

— Acontece o que já me aconteceu, como vou lhe contar.

II

Um dia, há de haver coisa de dez anos, eu tinha ido ao campo à casa de meu compadre que mora daqui a três léguas.

Era uma sexta-feira, ainda me lembro como se fosse hoje.

Quando montei no meu burro para vir-me embora, já o sol estava baixinho; quando cheguei na mata já estava escuro; fazia um luar manhoso, que ainda atrapalhava mais a vista da gente.

Já eu ia entrando na mata quando me lembrei que era sexta-feira. Meu coração deu uma pancada e a modo que estava me pedindo que não fosse para diante. Mas fiquei com vergonha de voltar. Pois um homem, já de idade como eu, que desde criança estou acostumado a varar por esses matos a toda hora do dia ou da noite, hei de agora ter medo? De quê?

Encomendei-me de todo o coração à Nossa Senhora da Abadia, tomei um bom trago na guampa que trazia sortida na garupa, joguei uma masca de fumo na boca, e toquei o burro para diante. Fui andando, mas sempre cismado; todas as histórias que eu tinha ouvido contar da cova de Joaquim Paulista estavam-se-me representando na ideia e ainda, por meus pecados, o diabo do burro não sei o que tinha nas tripas, que estava a refugar e a passarinhar numa toada.

Mas, a poder de esporas, sempre vim varando. À proporção que ia chegando perto do lugar onde está a sepultura, meu coração ia ficando pequenino. Tomei mais um trago, rezei o Creio em Deus Padre e toquei para diante. No momento mesmo em que eu ia passar pela sepultura, que eu queria passar de galope e voando, se fosse possível, aí é o que o diabo do burro dos meus pecados empaca de uma vez, que não houve força de esporas que o fizesse mover.

Eu já estava decidido a me apear, largar no meio do caminho burro com sela e tudo e correr para casa; mas não tive tempo. O que eu vi, talvez vosmecê não acredite, mas eu vi, como estou vendo este fogo, vi com estes olhos que a terra há de comer, como comeu os do pobre Joaquim Paulista... Mas os dele nem foi a terra que comeu, coitado! Foram os urubus e os bichos do mato.

Dessa feita acabei de acreditar que ninguém morre de medo; se morresse, eu lá estaria até hoje fazendo companhia ao Joaquim Paulista. Cruz!... Ave Maria!...

Aqui o velho fincou os cotovelos nos joelhos, escondeu a cabeça entre as mãos e pareceu-me que resmungou uma ave-maria. Depois acendeu o cachimbo e continuou:

Vosmecê, se reparasse, havia de ver que aí o mato faz uma pequena aberta da banda em que está a sepultura do Joaquim Paulista.

A lua batia de chapa na areia branca do meio da estrada. Enquanto eu estou esporeando com toda a força a barriga do burro, salta lá, no meio do caminho, uma cambada de ossinhos brancos, pulando, esbarrando uns nos outros e estalando numa toada certa, como gente que está dançando ao toque de viola. Depois, de todos os lados, vieram vindo outros ossos maiores, saltando e dançando da mesma maneira.

Por fim de contas, veio vindo lá, de dentro da sepultura, uma caveira, branca como papel e com olhos de fogo; e, dando pulos como sapo, foi-se chegando para o meio da roda. Daí começaram aqueles ossos todos a dançar em roda da caveira, que estava quieta no meio, dando de vez em quando pulos no ar e caindo no mesmo lugar, enquanto os ossos giravam num corrupio, estalando uns nos outros, como fogo da queimada quando pega forte num sapezal.

Eu bem queria fugir, mas não podia; meu corpo estava como estátua, meus olhos estavam pregados naquela dança dos ossos, como sapo quando enxerga cobra; meu cabelo, enroscado, como vosmecê está vendo, ficou em pé como espetos.

Daí a pouco, os ossinhos mais miúdos, dançando, dançando sempre e batendo uns nos outros, foram-se juntando e formando dois pés de defunto.

Esses pés não ficam quietos, não; e começam a sapatear com os outros ossos, numa roda-viva. Agora são os ossos das canelas que lá vêm saltando atrás dos pés e de um pulo, trás!... se encaixaram em cima dos pés. Daí a um nada, vêm os ossos das coxas, dançando em roda das canelas, até que, também de um pulo, foram-se encaixar direitinho nas juntas dos joelhos. Toca agora as duas pernas que já estão prontas a dançar com os outros ossos.

Os ossos dos quadris, as costelas, os braços, todos esses ossos que ainda agora saltavam espalhados no caminho, a dançar, a dançar, foram pouco a pouco se ajuntando e embutindo uns nos outros, até que o esqueleto se apresentou inteiro, faltando só a cabeça. Pensei que nada mais teria que ver; mas ainda me faltava o mais feio. O esqueleto pega na caveira e começa a fazê-la rolar pela estrada e a fazer mil artes e piruetas; depois entra a jogar peteca com ela e a atirá-la pelos ares mais alto, mais alto, até o ponto de fazê-la sumir-se lá pelas nuvens; a caveira gemia zunindo pelos ares e vinha estalar nos ossos da mão do esqueleto, como uma espoleta que rebenta. Afinal o esqueleto escanchou as pernas e os braços, tomando toda a largura do caminho, e esperou a cabeça, que veio cair direito no meio dos ombros, como uma cabaça oca que se rebenta em uma pedra, e olhando para mim com os olhos de fogo!...

Ah! Meu amo!... Eu não sei o que era feito de mim!... Eu estava sem fôlego, com a boca aberta, querendo gritar e sem poder, com os cabelos espetados; meu coração não batia, meus olhos não pestanejavam. O meu burro mesmo estava a tremer e encolhia-se todo, como quem queria sumir-se debaixo da terra. Oh! Se eu pudesse fugir naquela hora, eu fugia ainda que tivesse de entrar pela goela de uma sucuri adentro.

Mas ainda não contei tudo. O maldito esqueleto do inferno — Deus me perdoe! — não tendo mais nem um ossinho com quem dançar, assentou de divertir-se comigo, que ali estava sem pingo de sangue e mais morto do que vivo, e começa a dançar defronte de mim, como essas figurinhas de papelão que as crianças, com uma cordinha, fazem dar de mãos e pernas; vai se chegando cada vez mais para perto, dá três voltas em roda de mim, dançando e estalando as ossadas, e por fim de contas, de um pulo, encaixa-se na minha garupa...

Eu não vi mais nada depois; fiquei atordoado. Pareceu-me que o burro saiu comigo e com o maldito fantasma, zunindo pelos ares, e nos arrebatava por cima das mais altas árvores.

"Valha-me Nossa Senhora da Abadia e todos os santos da corte celeste!", gritava eu dentro do coração, porque a boca essa nem podia piar. Era à toa; desacorçoei e, pensando que ia por esses ares nas unhas de Satanás, esperava a cada instante ir estourar nos infernos. Meus olhos se cobriam de uma nuvem de fogo, minha cabeça começou a andar à roda e não sei mais o que foi feito de mim.

Quando dei acordo de mim, foi no outro dia, na minha cama, a sol alto.

Quando a minha velha, de manhã cedo, foi abrir a porta, me encontrou no terreiro, estendido no chão, desacordado, e o burro selado perto de mim.

A porteira da manga estava fechada; como é que esse burro pôde entrar comigo para dentro é que não sei. Portanto ninguém me tira da cabeça que o burro veio comigo pelos ares.

Acordei com o corpo todo moído e com os miolos pesando como se fossem de chumbo, e sempre com aquele maldito estalar de ossos nos ouvidos, que me perseguiu por mais de um mês.

Mandei dizer duas missas pela alma de Joaquim Paulista e jurei que nunca mais havia de pôr meus pés fora de casa em dia de sexta-feira.

III

O velho barqueiro contava essa tremenda história de modo mais tosco, porém muito mais vivo do que eu acabo de escrevê-la, e acompanhava a narração de uma gesticulação selvática e expressiva e de sons imitativos que não podem ser representados por sinais escritos. A hora avançada, o silêncio e a solidão daqueles sítios, teatro desses assombrosos acontecimentos, contribuíram também grandemente para torná-los quase visíveis e palpáveis. Os caboclos, de boca aberta, o escutavam com os olhos e ouvidos transidos de pavor e, de vez em quando, estremecendo, olhavam em derredor pela mata, como que receando ver surgir o temível esqueleto a empolgar e levar pelos ares alguns deles.

— Com efeito, Cirino! — disse-lhe eu, foste vítima da mais pavorosa assombração de que há exemplo, desde que andam por este mundo as almas do outro. Mas quem sabe se não foi a força do medo que te fez ver tudo isso? Além disso, tinhas ido muitas vezes à guampa e talvez ficasses com a vista turba e a cabeça um tanto desarranjada...

— Mas, meu amo, não era a primeira vez que eu tomava meu gole, nem que andava de noite por esses matos, e como é que nunca vi ossos de gente dançando no meio do caminho?...

— Os teus miolos é que estavam dançando, Cirino; disso estou certo. Tua imaginação, exaltada a um tempo pelo medo e pelos repetidos beijos que davas na tua guampa, é que te fez ir voando nas garras de Satanás. Escuta, vou te explicar como tudo isso te aconteceu naturalmente. Como tu mesmo disseste, entraste na mata com bastante medo e, portanto, disposto a transformar em coisas do outro mundo tudo quanto confusamente vias no meio de uma floresta frouxamente alumiada por um luar escasso. Acontece ainda, para teu mal, que, no momento mais crítico, quando ias passando pela sepultura, empaca-te o maldito burro. Faço ideia de como ficaria essa pobre alma e até me admiro de que não visses coisas piores!

— Mas então que diabo eram aqueles ossos a dançar, dançar tão certo, como se fosse a toque de música, e aquele esqueleto branco, que me trepou na garupa e me levou por esses ares?

— Eu te digo. Os ossinhos que dançavam não eram mais do que os raios da lua, que vinham, peneirados por entre os ramos dos arvoredos, balançados pela viração, brincar e dançar na areia branca do caminho. Os estalos, que ouvias, eram sem dúvida de alguns porcos-do-mato ou outro qualquer bicho, que andavam ali por perto a quebrar nos dentes cocos de baguaçu, o que, como bem sabes, faz uma estralada dos diabos.

— E a caveira, meu amo?... De certo era alguma cabaça velha que um rato-do-campo vinha rolando pela estrada...

— Não era preciso tanto; uma grande folha seca, uma pedra, um toco, tudo te podia parecer uma caveira naquela ocasião. Tudo isso te fez andar à roda a cabeça azoinada, e o mais tudo que viste foi obra de tua imaginação e de teus sentidos perturbados. Depois, qualquer coisa, talvez um maribondo que o picou.

— Maribondo de noite!... Ora, meu amo! — exclamou o velho com uma gargalhada.

— Pois bem!... Fosse o que fosse; qualquer outra coisa ou capricho de burro, o certo é que o teu macho saiu contigo aos corcovos; ainda que atordoado, o instinto da conservação fez que te agarrasses bem à sela, e tiveste a felicidade de vir dar contigo em terra mesmo à porta de tua casa, e eis aí tudo.

O velho barqueiro ria com a melhor vontade, zombando de minhas explicações.

— Qual, meu amo — disse ele — , réstia de luar não tem parecença nenhuma com osso de defunto, e bicho do mato, de noite, está dormindo na toca, e não anda roendo coco.

E pode vosmecê ficar certo de que, quando eu tomo um gole, ali é que minha vista fica mais limpa e o ouvido mais afiado.

— É verdade, e, a tal ponto, que até chegas a ver e ouvir o que não existe.

— Meu amo tem razão; eu também, quando era moço, não acreditava em nada disso por mais que me jurassem. Foi-me preciso ver para crer; e Deus o livre a vosmecê de ver o que eu já vi.

— Eu já vi, Cirino; já vi, mas nem assim acreditei.

— Como assim, meu amo?...

— É que nesses casos eu não acredito nem nos meus próprios olhos, senão depois de estar bem convencido, por todos os modos, de que eles não enganam.

Eu te conto um caso que me aconteceu.

Eu ia viajando sozinho — por onde não importa — de noite, por um caminho estreito, em cerradão fechado, e vejo ir, andando a alguma distância diante de mim, qualquer coisa, que na escuridão não pude distinguir. Aperto um pouco o passo para reconhecer o que era, e vi clara e perfeitamente dois pretos carregando um defunto dentro de uma rede.

Bem poderia ser também qualquer criatura viva, que estivesse doente, ou mesmo em perfeita saúde; mas, nessas ocasiões, a imaginação, não sei por quê, não nos representa senão defuntos. Uma aparição daquelas, em lugar tão ermo e longe de povoação, não deixou de me causar terror.

Contudo o caso não era extraordinário; carregar um cadáver em rede, para ir sepultá-lo em algum cemitério mais vizinho, é coisa que se vê muito nestes sertões, ainda que àquelas horas o negócio não deixasse de se tornar bastante suspeito.

Piquei o cavalo para passar adiante daquela sinistra visão que me estava incomodando o espírito, mas os condutores da rede também apressaram o passo, e se conservavam sempre na mesma distância.

Pus o cavalo a trote; os pretos começaram também a correr com a rede. O negócio ia se tornando mais feio. Retardei o passo para deixá-los adiantar-se: também foram indo mais devagar. Parei; também pararam. De novo marchei para eles; também se puseram a caminho.

Assim andei por mais de meia hora, cada vez mais aterrado, tendo sempre diante dos olhos aquela sinistra aparição que parecia apostada em não me querer deixar até que, exasperado, gritei-lhes que me deixassem passar ou ficar atrás, que eu não estava disposto a fazer-lhes companhia. Nada de resposta!... O meu terror subiu de ponto, e confesso que estive por um nada a dar de rédea para trás a bom fugir.

Mas negócios urgentes me chamavam para diante: revesti-me de um pouco de coragem que ainda me restava, cravei as esporas no cavalo e investi para o sinistro vulto a todo galope. Em poucos instantes o alcancei de perto e vi... Adivinhem o que era?... Nem que deem volta ao miolo um ano inteiro, não são capazes de atinar com o que era. Pois era uma vaca!

— Uma vaca!... Como?!...

— Sim, senhores, uma vaca malhada, que tinha a barriga toda branca — era a rede — e os quartos traseiros e dianteiros inteiramente pretos; eram os dois negros que a carregavam. Pilhada por mim naquele caminho estreito, sem poder desviar nem para uma banda nem para outra, porque o mato era um cerradão inteiramente tapado, o pobre animal ia fugindo diante de mim; se eu parava, também parava, porque não tinha necessidade de viajar; se eu apertava o passo, lá ia ela também para diante, fugindo de mim. Entretanto se eu não fosse reconhecer de perto o que era aquilo, ainda hoje havia de jurar que tinha visto naquela noite dois pretos carregando um defunto em uma rede, tão completa era a ilusão. E depois, se quisesse indagar mais do negócio, como era natural, sabendo que nenhum cadáver se tinha enterrado em toda aquela redondeza, havia de ficar acreditando de duas uma: ou que aquilo era coisa do outro mundo ou, o que era mais natural, que algum assassinato horrível e misterioso tinha sido cometido por aquelas criaturas.

A minha história nem de leve abalou as crenças do velho barqueiro, que abanou a cabeça e disse-me, chasqueando:

— A sua história está muito bonita; mas, perdoe que lhe diga, eu por mais escuro que estivesse a noite e por mais que eu tivesse entrado no gole, não podia ver uma rede onde havia uma vaca; só pelo faro eu conhecia. Meu amo decerto tinha poeira nos olhos. Mas vamos que vosmecê, quando investiu para os vultos, em vez de esbarrar com uma vaca, topasse mesmo uma rede carregando um defunto, que este defunto saltando fora da rede lhe pulasse na garupa e o levasse pelos ares com cavalo e tudo, de modo que vosmecê não desse acordo de si, senão no outro dia em sua casa e sem saber como?... Havia de pensar, ainda, que eram abusões?

— Esse não era o meu medo; o que eu temia era que aqueles negros acabassem ali comigo e, em vez de um, carregassem na mesma rede dois defuntos para a mesma cova! O que dizes era impossível.

— Impossível!... E como é que me aconteceu?... Se não fosse tão tarde, para vosmecê acabar de crer, eu lhe contava por que motivo a sepultura de Joaquim Paulista ficou sendo assim mal-assombrada. Mas meu amo viajou; há de estar cansado da jornada e com sono.

— Qual sono!... Conta-me; vamos a isso.

— Pois vá escutando.

IV

O tal Joaquim Paulista era um cabo do destacamento que naquele tempo havia aqui no Porto. Era bom rapaz e ninguém tinha queixa dele.

Havia aqui, também, por esse tempo, uma rapariga, por nome Carolina, que era o desassossego de toda a rapaziada.

Era uma caboclinha escura, mais bonita e sacudida, como ela aqui ainda não pisou outra; com uma viola na mão, a rapariga tocava e cantava que dava gosto; quando saía para o meio de uma sala, tudo ficava de queixo caído; a rapariga sabia fazer requebrados e sapateados, que era um feitiço. Em casa dela, que era um ranchinho ali da outra banda, eram súcias todos os dias; e também todos os dias havia soldado de castigo por amor de barulhos e desordens.

Joaquim Paulista tinha uma paixão louca pela Carolina; mas ela andava de amizade com um outro camarada, de nome Timóteo, que a tinha trazido de Goiás, ao qual queria muito bem. Vai um dia, não sei que diabo de dúvida tiveram os dois, que a Carolina se desapartou do Timóteo e fugiu para a casa de uma amiga, aqui no campo. Joaquim Paulista, que há muito tempo bebia os ares por ela, achou que a ocasião era boa, e tais artes armou, tais agrados fez à rapariga, que tomou conta dela. Ah! Pobre rapaz!... Se ele adivinhasse, nem nunca teria olhado para aquela rapariga. O Timóteo, quando soube do caso, urrou de raiva e de ciúme; ele estava esperando que, passados os primeiros arrufos da briga, ela o viria procurar se ele não fosse buscá-la, como já de outras vezes tinha acontecido. Mas dessa vez tinha-se enganado.

A rapariga estava por tal sorte embeiçada com o Joaquim Paulista, que de modo nenhum quis saber do outro, por mais que ele rogasse, teimasse, chorasse e ameaçasse mesmo de matar uma ou outro. O Timóteo desenganou-se, mas ficou calado e guardou seu ódio no coração.

Estava esperando uma ocasião.

Assim passaram-se meses sem que houvesse novidade. O Timóteo vivia em muito boa paz com o Joaquim Paulista, que, tendo muito bom coração, nem de leve cismava que seu camarada lhe guardasse ódio.

Um dia, porém, Joaquim Paulista teve ordem do comandante do destacamento para marchar para a cidade de Goiás. Carolina, que era capaz de dar a vida por ele, jurou que havia de acompanhá-lo. O Timóteo danou. Viu que não era possível guardar para mais tarde o cumprimento de sua tenção danada, jurou que ele havia de acabar desgraçado, mas que Joaquim Paulista e Carolina não haviam de ir viver sossegados longe dele, e assim combinou, com outro camarada, tão bom ou pior do que ele, para dar cabo do pobre rapaz.

Nas vésperas da partida, os dois convidaram ao Joaquim para ir ao mato caçar. Joaquim Paulista, que não maliciava nada, aceitou o convite e, no outro dia de manhã, saíram os três a caçar pelo mato. Só voltaram no outro dia de manhã, mas dois somente; Joaquim Paulista, esse tinha ficado, Deus sabe onde.

Vieram contando, com lágrimas nos olhos, que uma cascavel tinha mordido Joaquim Paulista em duas partes e que o pobre rapaz, sem que eles pudessem valer-lhe, em poucas horas tinha expirado no meio do mato; que não podendo carregar o corpo, porque era muito longe, e temendo que o não pudessem encontrar mais e que os bichos o comessem, o tinham enterrado lá mesmo; e, para prova disso, mostravam a camisa do desgraçado, toda manchada de sangue preto envenenado.

Mentira tudo!... O caso foi este, como depois se soube.

Quando os dois malvados já estavam bem longe por essa mata abaixo, deitaram a mão no Joaquim Paulista, o agarraram e amarraram em uma árvore. Enquanto estavam nesta lida, o coitado do rapaz, que não podia resistir àqueles dois ursos, pedia por quantos santos há que não judiassem com ele, que não sabia que mal tinha feito a seus camaradas, que, se era por causa da Carolina, ele jurava nunca mais pôr os olhos nela, e iria embora para Goiás sem ao menos dizer-lhe adeus. Era à toa. Os dois malvados nem ao menos lhe davam resposta.

O camarada de Timóteo era mandingueiro e curador de cobra, pegava aí no mais grosso jaracuçu ou cascavel, as enrolava no braço, no pescoço, metia a cabeça delas dentro da boca, brincava e judiava com elas de toda a maneira, sem que lhe fizessem mal algum. Na hora em que ele enxergava uma cobra, bastava pregar os olhos nela, a cobra não se mexia do lugar. Em cima de tudo, o diabo do soldado sabia um assovio com que chamava cobra quando queria.

A hora que ele dava esse assovio, se havia por ali perto alguma cobra, havia de aparecer por força. Dizem que ele tinha parte com o diabo, e todo mundo tinha medo dele como do próprio capeta.

Depois que amarraram bem amarrado o pobre Joaquim Paulista, o camarada do Timóteo desceu pelas furnas de uns grotões abaixo e andou por lá muito tempo, assoviando o tal assovio que ele conhecia. O Timóteo ficou de sentinela ao Joaquim

Paulista, que estava caladinho, coitado!, encomendando sua alma a Deus. Quando o soldado voltou, trazia em cada uma das mãos, apertada pela garganta, uma cascavel mais grossa do que esta minha perna. Os bichos desesperados batiam e se enrolavam pelo corpo do soldado, que nessa hora devia estar medonho que nem o diabo.

Então Joaquim Paulista compreendeu que qualidade de morte lhe iam dar aqueles dois desalmados. Pediu, rogou, mas debalde, que, se queriam matá-lo, pregassem-lhe uma bala na cabeça ou enterrassem-lhe uma faca no coração por piedade, mas não o fizessem morrer de modo tão cruel.

— Isso querias tu — disse o soldado — para nós irmos para a forca! Nada! Estas duas meninas é que hão de carregar com a culpa de tua morte; para isso é que fui buscá-las; nós não somos carrascos.

— Joaquim — disse o Timóteo — faze teu ato de contrição e deixa-te de histórias.

— Não tenhas medo, rapaz! — continua o outro. Estas meninas são muito boazinhas; olha como elas estão me abraçando!... Faze de conta que são os dois braços da Carolina que vão te apertar num gostoso abraço...

Aqui o Joaquim põe-se a gritar com quanta força tinha, a ver se alguém, acaso, podia ouvi-lo e acudir-lhe. Mas, sem perder tempo, o Timóteo pega num lenço e atocha-lhe na boca; mais que depressa o outro atira-lhe por cima os dois bichos, que no mesmo instante o picaram por todo o corpo. Imediatamente mataram as duas cobras, antes que fugissem. Não levou muito tempo, o pobre rapaz estrebuchava, dando gemidos de cortar o coração, e deitava sangue pelo nariz, pelos ouvidos e por todo o corpo.

Quando viram que o Joaquim já quase não podia falar nem mover-se, e que não tardava a dar o último suspiro, desamarraram-no, tiraram-lhe a camisa e o deixaram aí perto das duas cobras mortas.

Saíram e andaram todo o dia, dando voltas pelo campo.

Quando foi anoitecendo, embocaram pela estrada da mata e vieram descendo para o porto. Teriam andado obra de uma légua quando enxergaram um vulto, que ia andando diante deles, devagarinho, encostado num pau e gemendo.

— É ele — disse um deles espantado; não pode ser outro.

— Ele!... É impossível... Só por um milagre.

— Pois eu juro em como não é outro, e nesse caso toca a dar cabo dele já.

— Que dúvida!

Nisso adiantaram-se e alcançaram o vulto.

Era o próprio Joaquim Paulista! Sem mais demora socaram-lhe a faca no coração e deram cabo dele já.

— Agora como há de ser? — diz um deles, não há remédio senão fugir, senão estamos perdidos...

— Qual fugir! O comandante talvez não cisme nada; e, no caso que haja alguma coisa, essas cadeiazinhas desta terra são nada para mim... Portanto vai tu escondido, lá embaixo no porto, e traz uma enxada; enterremos o corpo aí no mato; e depois diremos que morreu picado de cobra.

Isso dizia o Timóteo que, com o sentido na Carolina, não queria perder o fruto do sangue que derramou.

Com efeito assim fizeram; levaram toda a noite a abrir a sepultura para o corpo, no meio do mato, de uma banda do caminho que, nesse tempo, não era por aí, passava mais arredado. Por isso não chegaram senão no outro dia de manhã.

— Mas, Cirino, como é que Joaquim pôde escapar das mordeduras das cobras, e como se veio a saber de tudo isso?...

— Eu já lhe conto — disse o velho.

E, depois de fazer uma pausa para acender o cachimbo, continuou:

Deus não queria que o crime daqueles amaldiçoados ficasse escondido. Quando os dois soldados deixaram por morto o Joaquim Paulista, andava por aquelas alturas um caboclo velho, cortando palmitos. Aconteceu que, passando por aí não muito longe, ouviu voz de gente e veio vindo com cautela a ver o que era; quando chegou a descobrir o que se estava passando, frio e tremendo de susto, o pobre velho ficou espiando de longe, bem escondido numa moita, e viu tudo, desde a hora em que o soldado veio da furna com as cobras na mão. Se aqueles malditos o tivessem visto ali, tinham dado cabo dele também.

Quando os dois se foram embora, então o caboclo, com muito cuidado, saiu da moita e veio ver o pobre rapaz, que estava morre não morre!... O velho era mezinheiro muito mestre e benzedor, que tinha fama em toda a redondeza.

Depois que olhou bem o rapaz, que já com a língua perra não podia falar, e já estava cego, andou catando pelo mato umas folhas que ele lá conhecia, mascou-as bem, cuspiu a saliva nas feridas do rapaz e depois benzeu bem-benzidas elas todas, uma por uma.

Quando foi daí a uma hora, já o rapaz estava mais aliviado e foi ficando cada vez a melhor, até que, enfim, pôde ficar em pé, já enxergando alguma coisa.

Quando foi podendo andar um pouco, o caboclo cortou um pau, botou na mão dele e veio com ele, muito devagar, ajudando-o a caminhar até que, a muito custo, chegara na estrada.

Aí o velho disse:

— Agora você está na estrada, pode ir indo sozinho com seu vagar, que daqui a nada você está em casa. Amanhã, querendo Deus, eu lá vou vê-lo outra vez. Adeus, camarada; Nossa Senhora te acompanhe.

O bom velho mal pensava que, fazendo aquela obra de caridade, ia entregar outra vez à morte aquele infeliz a quem acabava de dar a vida. Um quarto de hora mais que se demorasse, Joaquim Paulista estava escapo. Mas o que tinha de acontecer estava escrito lá em cima.

Não bastava ao coitado do Joaquim Paulista ter sido tão infeliz em vida, a infelicidade o perseguiu até depois de morto.

O comandante do destacamento, que não era nenhum samora, desconfiou do caso. Mandou prender os dois soldados e deu parte na vila ao juiz, que daí a dois dias veio com o escrivão para mandar desenterrar o corpo. Vamos agora saber onde é que ele estava enterrado. Os dois soldados, que eram os únicos que podiam saber, andavam guiando a gente para uns rumos muito diferentes e, como nada se achava, fingiam que tinham perdido o lugar.

Bateu-se mato um dia inteiro sem se achar nada.

Afinal de contas os urubus é que vieram mostrar onde estava a sepultura. Os dois soldados tinham enterrado mal o corpo. Os urubus pressentiram o fétido da carniça e vieram se ajuntar nas árvores em redor. Desenterrou-se o corpo e via-se então uma grande facada no peito, do lado esquerdo. O corpo já estava apodrecendo e com muito mau cheiro. Os que o foram enterrar de novo, aflitos por se verem livres daquela fedentina, mal apenas jogaram à pressa alguns punhados de terra na cova e deixaram o corpo ainda mais mal-enterrado do que estava.

Vieram depois os porcos, os tatus e outros bichos, cavoucaram a cova, espatifaram o cadáver e andaram espalhando os ossos do defunto aí por toda essa mata.

Só a cabeça é que dizem que ficou na sepultura.

Uma alma caridosa, que um dia encontrou um braço do defunto no meio da estrada, levou-o para a sepultura, encheu a cova de terra, socou bem e fincou aí uma cruz. Foi tempo perdido; no outro dia a cova estava aberta tal qual como estava dantes. Ainda outras pessoas depois teimavam em ajuntar os ossos e enterrá-los bem. Mas no outro dia a cova estava aberta, assim como até hoje está.

Diz o povo que, enquanto não se ajuntar na sepultura até o último ossinho do corpo de Joaquim Paulista, essa cova não se fecha. Se é assim, já se sabe que tem de ficar aberta para sempre. Quem é que há de achar esses ossos que, levados pelas enxurradas, já lá foram talvez rodando por esse Paranaíba abaixo?

Outros dizem que, enquanto os matadores de Joaquim Paulista estiverem vivos neste mundo, a sua sepultura havia de andar sempre aberta, nunca os seus ossos teriam sossego, e haviam de andar sempre assombrando os viventes cá neste mundo.

Mas esses dois malvados já há de muito tempo foram dar contas ao diabo do que andavam fazendo por este mundo, e a coisa continua na mesma.

O antigo camarada da Carolina, esse morreu no caminho de Goiás; a escolta que o levava para cumprir sentença de galés por toda a vida, com medo que ele fugisse, pois o rapaz tinha artes do diabo, assentou de acabar com ele; depois contaram uma história de resistência, e não tiveram nada.

O outro, que era curado de cobra, tinha fugido; mas como ganhava a vida brincando com cobras e matava gente com elas, veio também a morrer na boca de uma delas.

Um dia em que estava brincando com um grande urutu preto, à vista de muita gente que estava a olhar de queixo caído, a bicha perdeu-lhe o respeito, e em tal parte e em tão má hora lhe deu um bote, que o maldito caiu logo estrebuchando, e em poucos instantes deu a alma ao diabo. Deus me perdoe, mas aquela fera não podia ir para o céu. O povo não quis por maneira nenhuma que ele fosse enterrado no sagrado e mandou atirar o corpo no campo para os urubus.

Enfim eu fui à vila pedir ao vigário velho, que era o defunto padre Carmelo, para vir bendizer a sepultura de Joaquim Paulista e tirar dela essa assombração que aterra todo este povo. Mas o vigário disse que isso não valia de nada; que, enquanto não se dissessem pela alma do defunto tantas missas quantos ossos tinha ele no corpo, contando dedos, unhas, dentes e tudo, nem os ossos teriam sossego, nem a assombração acabaria, nem a cova se havia de fechar nunca.

Mas, se os povos quisessem e aprontassem as esmolas, que ele dizia as missas, e tudo ficaria acabado. Agora quem há de contar quantos ossos a gente tem no corpo e quando é que esses moradores, que são todos pobres como eu, hão de aprontar dinheiro para dizer tanta missa?

Portanto já se vê, meu amo, que o que lhe contei não é nenhuma abusão; é coisa certa e sabida em toda esta redondeza. Todo esse povo aí está que não me há de deixar ficar mentiroso.

À vista de tão valentes provas, dei pleno crédito a tudo quanto o barqueiro me contou, e espero que os meus leitores acreditarão comigo, piamente, que o velho barqueiro do Paranaíba, uma bela noite, andou pelos ares montando em um burro, com um esqueleto na garupa.

(In *O conto romântico*.
Rio de Janeiro, Civilização Brasileira, 1961.)

ÁLVARES DE AZEVEDO

Solfieri

... Yet one kiss on your pale clay
And those lips once so warm — my heart! my heart!

BYRON, Cain.[1]

Sabei-lo. Roma é a cidade do fanatismo e da perdição: na alcova do sacerdote dorme a gosto a amásia, no leito da vendida se pendura o crucifixo lívido. É um requintar de gozo blasfemo, que mescla o sacrilégio à convulsão do amor, o beijo lascivo à embriaguez da crença!

Era em Roma. Uma noite a lua ia bela como vai ela no verão por aquele céu morno, o fresco das águas se exalava como um suspiro do leito do Tibre[2]. A noite ia bela. Eu passeava a sós pela ponte

1. "... Ainda um beijo em seu corpo lívido
E nesses lábios outrora tão quentes — meu coração! meu coração!"
George Gordon, Lord Byron (1788-1824), poeta inglês que exerceu grande fascínio sobre os escritores românticos do século XIX. Criador de heróis sonhadores e aventureiros, que desafiavam as regras sociais, ele mesmo foi, com sua vida agitada, um típico herói romântico, engajando-se em vários movimentos

de... As luzes se apagaram uma por uma nos palácios, as ruas se faziam ermas, e a lua de sonolenta se escondia no leito de nuvens. Uma sombra de mulher apareceu numa janela solitária e escura. Era uma forma branca. — A face daquela mulher era como de uma estátua pálida à lua. Pelas faces dela, como gotas de uma taça caída, rolavam fios de lágrimas.

Eu me encostei à aresta de um palácio. A visão desapareceu no escuro da janela... e daí um canto se derramava. Não era só uma voz melodiosa: havia naquele cantar um como choro de frenesi, um como gemer de insânia: aquela voz era sombria como a do vento à noite nos cemitérios, cantando a nênia das flores murchas da morte.

Depois o canto calou-se. A mulher apareceu na porta. Parecia espreitar se havia alguém nas ruas. Não viu ninguém: saiu. Eu segui-a.

A noite ia cada vez mais alta: a lua sumira-se no céu, e a chuva caía às gotas pesadas: apenas eu sentia nas faces caírem-me grossas lágrimas de água, como sobre um túmulo prantos de órfão.

Andamos longo tempo pelo labirinto das ruas; enfim ela parou: estávamos num campo.

Aqui, ali, além eram cruzes que se erguiam de entre o ervaçal. Ela ajoelhou-se. Parecia soluçar: em torno dela passavam as aves da noite.

Não sei se adormeci: sei apenas que quando amanheceu achei-me a sós no cemitério. Contudo a criatura pálida não fora uma ilusão: as urzes, as cicutas do campo santo estavam quebradas junto a uma cruz.

---

revolucionários. Na imaginação dos leitores, a figura de Byron confundia-se com a de seus heróis: orgulhoso, cínico, melancólico, misterioso, sedutor, irreverente — todos esses adjetivos eram usados para descrevê-lo e uma aura de mito foi sendo criada em torno de seu nome, gerando imitadores e admiradores por toda a parte. De seu nome vem a palavra "byronismo", que designa uma das tendências do Romantismo; 2. Rio que banha Roma.

O frio da noite, aquele sono dormido à chuva, causaram-me uma febre. No meu delírio passava e repassava aquela brancura de mulher, gemiam aqueles soluços, e todo aquele devaneio se perdia num canto suavíssimo...

Um ano depois voltei a Roma. Nos beijos das mulheres nada me saciava; no sono da saciedade me vinha aquela visão...

Uma noite, e após uma orgia, eu deixara dormida no leito dela a condessa Barbora. Dei um último olhar àquela forma nua e adormecida com a febre nas faces e a lascívia nos lábios úmidos, gemendo ainda nos sonhos como na agonia voluptuosa do amor. Saí. Não sei se a noite era límpida ou negra; sei apenas que a cabeça me escaldava de embriaguez. As taças tinham ficado vazias na mesa: aos lábios daquela criatura eu bebera até a última gota o vinho do deleite...

Quando dei acordo de mim estava num lugar escuro: as estrelas passavam seus raios brancos entre as vidraças de um templo. As luzes de quatro círios batiam num caixão entreaberto. Abri-o: era o de uma moça. Aquele branco da mortalha, as grinaldas da morte na fronte dela, naquela tez lívida e embaçada, o vidrento dos olhos mal-apertados... Era uma defunta!... E aqueles traços todos me lembraram uma ideia perdida... — Era o anjo do cemitério! Cerrei as portas da igreja, que ignoro por que eu achara abertas. Tomei o cadáver nos meus braços para fora do caixão. Pesava como chumbo...

Sabeis a história de Maria Stuart degolada e do algoz, "do cadáver sem cabeça e do homem sem coração" como a conta Brantôme[3]? — Foi uma ideia singular a que eu tive. Tomei-a no colo. Preguei-lhe mil beijos nos lábios. Ela era bela assim: rasguei-lhe o sudário, despi-lhe o véu e a capela[4] como o noivo os despe à noiva. Era mesmo uma estátua: tão branca era ela. A luz dos tocheiros dava-lhe aquela palidez de âmbar que lustra os mármores antigos. O gozo foi fervoroso — cevei[5] em perdição aquela vigília. A madrugada passava já frouxa nas janelas. Àquele calor de meu peito, à febre de meus lábios, à convulsão de meu amor, a donzela pálida parecia reanimar-se. Súbito abriu os olhos empanados. Luz sombria alumiou-os como a de uma estrela entre névoa, apertou-me em seus braços, um suspiro ondeou-lhe nos beiços azulados… Não era já a morte: era um desmaio. No aperto daquele abraço havia contudo alguma cousa de horrível. O leito de lájea onde eu passara uma hora de embriaguez me resfriava. Pude a custo soltar-me daquele aperto do peito dela… Nesse instante ela acordou…

Nunca ouvistes falar de catalepsia[6]? É um pesadelo horrível aquele que gira ao acordado que emparedam num sepulcro; sonho gelado em que se sentem os membros tolhidos e as faces banhadas de lágrimas alheias, sem poder revelar a vida!

---

3. Pierre de Bourdeille, senhor de Brantôme (1540-1614), escritor memorialista francês. Autor de *Vida das damas ilustres, damas galantes*, entre outros livros. Maria Stuart (1542-1587), rainha da Escócia, depois rainha da França. Viúva em 1560, voltou à Escócia, onde lutou contra a Reforma e contra as manobras secretas de Isabel, rainha da Inglaterra. Seu casamento com Bothwell, assassino de seu segundo marido, o lorde Darnley, provocou uma revolta e sua consequente abdicação, em 1567. Refugiou-se na Inglaterra, mas Isabel mandou prendê-la e, mais tarde, executá-la; 4. Grinalda de flores; 5. Fartei-me, saciei-me; 6. Estado em que ocorre uma tal rigidez dos músculos do corpo todo que a pessoa fica paralisada, como se estivesse morta.

A moça revivia a pouco e pouco. Ao acordar desmaiara. Embucei-me na capa e tomei-a nos braços coberta com seu sudário como uma criança. Ao aproximar-me da porta topei num corpo, abaixei-me, olhei: era algum coveiro do cemitério da igreja que aí dormira de ébrio, esquecido de fechar a porta...

Saí. Ao passar a praça encontrei uma patrulha.

— Que levas aí?

A noite era muito alta: talvez me cressem um ladrão.

— É minha mulher que vai desmaiada...

— Uma mulher!... Mas essa roupa branca e longa? Serás acaso roubador de cadáveres?

Um guarda aproximou-se. Tocou-lhe a fronte: era fria.

— É uma defunta...

Cheguei meus lábios aos dela. Senti um bafejo morno. — Era a vida ainda.

— Vede — disse eu.

O guarda chegou-lhe os lábios: os beiços ásperos roçaram pelos da moça. Se eu sentisse o estalar de um beijo... o punhal já estava nu em minhas mãos frias...

— Boa noite, moço, podes seguir — disse ele.

Caminhei. Estava cansado. Custava a carregar o meu fardo; e eu sentia que a moça ia despertar. Temeroso de que ouvissem-na gritar e acudissem, corri com mais esforço...

Quando eu passei a porta ela acordou. O primeiro som que lhe saiu da boca foi um grito de medo...

Mal eu fechara a porta, bateram nela. Era um bando de libertinos meus companheiros que voltavam da orgia. Reclamaram que abrisse.

Fechei a moça no meu quarto, e abri.

Meia hora depois eu os deixava na sala bebendo ainda. A turvação da embriaguez fez que não notassem minha ausência.

Quando entrei no quarto da moça vi-a erguida. Ria de um rir convulso como a insânia, e frio como a folha de uma espada. Trespassava de dor o ouvi-la.

Dois dias e duas noites levou ela de febre assim... Não houve sanar-lhe aquele delírio, nem o rir do frenesi. Morreu depois de duas noites e dois dias de delírio.

À noite saí; fui ter com um estatuário que trabalhava perfeitamente em cera, e paguei-lhe uma estátua dessa virgem.

Quando o escultor saiu, levantei os tijolos de mármore de meu quarto e com as mãos cavei aí um túmulo. Tomei-a então pela última vez nos braços, apertei-a a meu peito muda e fria, beijei-a e cobri-a adormecida do sono eterno com o lençol de seu leito. Fechei-a no seu túmulo e estendi meu leito sobre ele.

Um ano — noite a noite — dormi sobre as lajes que a cobriam... Um dia o estatuário me trouxe a sua obra. Paguei-lha e paguei o segredo...

— Não te lembras, Bertram, de uma forma branca de mulher que entrevistes pelo véu do meu cortinado? Não te lembras que eu te respondi que era uma virgem que dormia?

— E quem era essa mulher, Solfieri?

— Quem era? Seu nome?

— Quem se importa com uma palavra quando sente que o vinho queima assaz os lábios? Quem pergunta o nome da prostituta com quem dormiu e sentiu morrer a seus beijos, quando nem há dele mister por escrever-lho na lousa?

Solfieri encheu uma taça e bebeu-a. Ia erguer--se da mesa quando um dos convivas tomou-o pelo braço.

— Solfieri, não é um conto isso tudo?

— Pelo inferno que não! Por meu pai que era conde e bandido, por minha mãe que era a bela Messalina[7] das ruas, pela perdição que não! Desde que eu próprio calquei aquela mulher com meus pés na sua cova de terra, eu vo-lo juro! — guardei--lhe como amuleto a capela de defunta. Ei-la!

Abriu a camisa, e viram-lhe ao pescoço uma grinalda de flores mirradas.

— Vede-la? Murcha e seca como o crânio dela!

(In *Noite na taverna e poemas escolhidos (de Lira dos vinte anos)*. São Paulo, Moderna, 2004.)

7. Quarta esposa do imperador romano Cláudio (10 a.C.-54 d.C.). Messalina ficou famosa por sua vida imoral e seu nome tornou-se sinônimo de mulher depravada.

MACHADO DE ASSIS

A causa secreta

Garcia, em pé, mirava e estalava as unhas; Fortunato, na cadeira de balanço, olhava para o teto; Maria Luísa, perto da janela, concluía um trabalho de agulha. Havia já cinco minutos que nenhum deles dizia nada. Tinham falado do dia, que estivera excelente, de Catumbi, onde morava o casal Fortunato, e de uma casa de saúde, que adiante se explicará. Como os três personagens aqui presentes estão agora mortos e enterrados, tempo é de contar a história sem rebuço.

Tinham falado também de outra coisa, além daquelas três, coisa tão feia e grave, que não lhes deixou muito gosto para tratar do dia, do bairro e da casa de saúde. Toda a conversação a esse respeito foi constrangida. Agora mesmo, os dedos de Maria

Luísa parecem ainda trêmulos, ao passo que há no rosto de Garcia uma expressão de severidade, que lhe não é habitual. Em verdade, o que se passou foi de tal natureza que, para fazê-lo entender, é preciso remontar à origem da situação.

Garcia tinha se formado em medicina, no ano anterior, 1861. No de 1860, estando ainda na escola, encontrou-se com Fortunato, pela primeira vez, à porta da Santa Casa; entrava, quando o outro saía. Fez-lhe impressão a figura; mas, ainda assim, tê-la-ia esquecido, se não fosse o segundo encontro, poucos dias depois. Morava na Rua de D. Manuel. Uma de suas raras distrações era ir ao Teatro de S. Januário, que ficava perto, entre essa rua e a praia; ia uma ou duas vezes por mês, e nunca achava acima de quarenta pessoas. Só os mais intrépidos ousavam estender os passos até aquele recanto da cidade. Uma noite, estando nas cadeiras, apareceu ali Fortunato, e sentou-se ao pé dele.

A peça era um dramalhão, cosido a facadas, ouriçado de imprecações e remorsos; mas Fortunato ouviu-a com singular interesse. Nos lances dolorosos, a atenção dele redobrava, os olhos iam avidamente de um personagem a outro, a tal ponto que o estudante suspeitou haver na peça reminiscências pessoais do vizinho. No fim do drama, veio uma farsa; mas Fortunato não esperou por ela e saiu; Garcia saiu atrás dele. Fortunato foi pelo Beco do Cotovelo, Rua de S. José, até o Largo da Carioca. Ia devagar, cabisbaixo, parando às vezes, para dar uma bengalada em algum cão que dormia;

o cão ficava ganindo e ele ia andando. No Largo da Carioca entrou num tílburi, e seguiu para os lados da Praça da Constituição. Garcia voltou para casa sem saber mais nada.

Decorreram algumas semanas. Uma noite, eram nove horas, estava em casa, quando ouviu rumor de vozes na escada; desceu logo do sótão, onde morava, ao primeiro andar, onde vivia um empregado do Arsenal de Guerra. Era este que alguns homens conduziam, escada acima, ensanguentado. O preto que o servia acudiu a abrir a porta; o homem gemia, as vozes eram confusas, a luz pouca. Deposto o ferido na cama, Garcia disse que era preciso chamar um médico.

— Já aí vem um — acudiu alguém.

Garcia olhou: era o próprio homem da Santa Casa e do teatro. Imaginou que seria parente ou amigo do ferido; mas rejeitou a suposição, desde que lhe ouvira perguntar se este tinha família ou pessoa próxima. Disse-lhe o preto que não, e ele assumiu a direção do serviço, pediu às pessoas estranhas que se retirassem, pagou aos carregadores e deu as primeiras ordens. Sabendo que o Garcia era vizinho e estudante de medicina, pediu-lhe que ficasse para ajudar o médico. Em seguida contou o que se passara:

— Foi uma malta de capoeiras. Eu vinha do quartel de Moura, onde fui visitar um primo, quando ouvi um barulho muito grande, e logo depois um ajuntamento. Parece que eles feriram também a um sujeito que passava, e que entrou por um daqueles becos; mas eu só vi a este senhor, que atravessava a rua no momento em que um dos capoeiras, roçando por ele, meteu-lhe o punhal. Não caiu logo; disse onde morava, e, como era a dois passos, achei melhor trazê-lo.

— Conhecia-o antes? — perguntou Garcia.

— Não, nunca o vi. Quem é?

— É um bom homem, empregado no Arsenal de Guerra. Chama-se Gouveia.

— Não sei quem é.

Médico e subdelegado vieram daí a pouco; fez-se o curativo, e tomaram-se as informações. O desconhecido declarou chamar-se Fortunato Gomes da Silveira, ser capitalista, solteiro, morador em Catumbi. A ferida foi reconhecida grave. Durante o curativo, ajudado pelo estudante, Fortunato serviu de criado, segurando a bacia, a vela, os panos, sem perturbar nada, olhando friamente para o ferido, que gemia muito. No fim, entendeu-se particularmente com o médico, acompanhou-o até o patamar da escada, e reiterou ao subdelegado a declaração de estar pronto a auxiliar as pesquisas da polícia. Os dois saíram, ele e o estudante ficaram no quarto.

Garcia estava atônito. Olhou para ele, viu-o sentar-se tranquilamente, estirar as pernas, meter as mãos nas algibeiras das calças e fitar os olhos no ferido. Os olhos eram claros, cor de chumbo, moviam-se devagar, e tinham a expressão dura, seca e fria. Cara magra e pálida; uma tira estreita de barba, por baixo do queixo, e de uma têmpora a outra, curta, ruiva e rara. Teria quarenta anos.

De quando em quando, voltava-se para o estudante e perguntava alguma coisa acerca do ferido; mas tornava logo a olhar para ele, enquanto o rapaz lhe dava a resposta. A sensação que o estudante recebia era de repulsa ao mesmo tempo que de curiosidade; não podia negar que estava assistindo a um ato de rara dedicação, e se era desinteressado como parecia, não havia mais que aceitar o coração humano como um poço de mistérios.

Fortunato saiu pouco antes de uma hora; voltou nos dias seguintes, mas a cura fez-se depressa, e, antes de concluída, desapareceu sem dizer ao obsequiado onde morava. Foi o estudante que lhe deu as indicações do nome, rua e número.

— Vou agradecer-lhe a esmola que me fez, logo que possa sair, disse o convalescente.

Correu a Catumbi daí a seis dias. Fortunato recebeu-o constrangido, ouviu impaciente as palavras de agradecimento, deu-lhe uma resposta enfastiada e acabou batendo com as borlas do chambre no joelho. Gouveia, defronte dele, sentado e calado, alisava o chapéu com os dedos, levantando os olhos de quando em quando, sem achar mais nada que dizer. No fim de dez minutos, pediu licença para sair, e saiu.

— Cuidado com os capoeiras! — disse-lhe o dono da casa, rindo-se.

O pobre-diabo saiu de lá mortificado, humilhado, mastigando a custo o desdém, forcejando por esquecê-lo, explicá-lo ou perdoá-lo, para que no coração só ficasse a memória do benefício; mas o esforço era vão. O ressentimento, hóspede novo e exclusivo, entrou e pôs fora o benefício, de tal modo que o desgraçado não teve mais que trepar à cabeça e refugiar-se ali como uma simples ideia. Foi assim que o próprio benfeitor insinuou a este homem o sentimento da ingratidão.

Tudo isso assombrou o Garcia. Esse moço possuía, em germe, a faculdade de decifrar os homens, de decompor os caracteres, tinha o amor da análise, e sentia o regalo, que dizia ser supremo, de penetrar muitas camadas morais, até apalpar o segredo de um organismo. Picado de curiosidade, lembrou-se de ir ter com o homem de Catumbi, mas advertiu que nem recebera dele o oferecimento formal da casa. Quando menos, era-lhe preciso um pretexto, e não achou nenhum.

Tempos depois, estando já formado e morando na Rua de Matacavalos, perto da do Conde, encontrou Fortunato em uma gôndola[1], encontrou-o ainda outras vezes, e a frequência trouxe a familiaridade. Um dia Fortunato convidou-o a ir visitá-lo ali perto, em Catumbi.

— Sabe que estou casado?

Não sabia.

— Casei-me há quatro meses, podia dizer quatro dias. Vá jantar conosco domingo.

— Domingo?

— Não esteja forjando desculpas; não admito desculpas. Vá domingo.

Garcia foi lá domingo. Fortunato deu-lhe um bom jantar, bons charutos e boa palestra,

1. Veículo puxado a burros.

em companhia da senhora, que era interessante. A figura dele não mudara; os olhos eram as mesmas chapas de estanho, duras e frias; as outras feições não eram mais atraentes que dantes. Os obséquios, porém, se não resgatavam a natureza, davam alguma compensação, e não era pouco. Maria Luísa é que possuía ambos os feitiços, pessoa e modos. Era esbelta, airosa, olhos meigos e submissos; tinha vinte e cinco anos e parecia não passar de dezenove. Garcia, à segunda vez que lá foi, percebeu que entre eles havia alguma dissonância de caracteres, pouca ou nenhuma afinidade moral, e da parte da mulher para com o marido uns modos que transcendiam o respeito e confinavam na resignação e no temor. Um dia, estando os três juntos, perguntou Garcia a Maria Luísa se tivera notícia das circunstâncias em que ele conhecera o marido.

— Não — respondeu a moça.

— Vai ouvir uma ação bonita.

— Não vale a pena — interrompeu Fortunato.

— A senhora vai ver se vale a pena — insistiu o médico.

Contou o caso da rua de D. Manuel. A moça ouviu-o espantada. Insensivelmente estendeu a mão e apertou o pulso do marido, risonha e agradecida, como se acabasse de descobrir-lhe o coração. Fortunato sacudia os ombros, mas não ouvia com indiferença. No fim contou ele próprio a visita que o ferido lhe fez, com todos os pormenores da figura, dos gestos, das palavras atadas, dos silêncios, em suma, um estúrdio. E ria muito ao contá-la.

Não era o riso da dobrez[2]. A dobrez é evasiva e oblíqua; o riso dele era jovial e franco.

"Singular homem!", pensou Garcia.

Maria Luísa ficou desconsolada com a zombaria do marido; mas o médico restituiu-lhe a satisfação anterior, voltando a referir a dedicação deste e as suas raras qualidades de enfermeiro; tão bom enfermeiro, concluiu ele, que, se algum dia fundar uma casa de saúde, irei convidá-lo.

— Valeu? — perguntou Fortunato.

— Valeu o quê?

— Vamos fundar uma casa de saúde?

— Não valeu nada; estou brincando.

— Podia-se fazer alguma coisa; e, para o senhor que começa a clínica, acho que seria bem bom. Tenho justamente uma casa que vai vagar, e serve.

Garcia recusou nesse e no dia seguinte; mas a ideia tinha se metido na cabeça ao outro, e não foi possível recuar mais. Na verdade, era uma boa estreia para ele, e podia vir a ser um bom negócio para ambos. Aceitou finalmente, daí a dias, e foi uma desilusão para Maria Luísa. Criatura nervosa e frágil, padecia só com a ideia de que o marido tivesse de viver em contato com enfermidades humanas, mas não ousou opor-se-lhe, e curvou a cabeça. O plano fez-se e cumpriu-se depressa. Verdade é que Fortunato não curou de mais nada, nem então, nem depois. Aberta a casa, foi ele o próprio administrador e chefe de enfermeiros, examinava tudo, ordenava tudo, compras e caldos, drogas e contas.

---

2. Hipocrisia, fingimento.

Garcia pôde então observar que a dedicação ao ferido da Rua de D. Manuel não era um caso fortuito, mas assentava na própria natureza desse homem. Via-o servir como nenhum dos fâmulos. Não recuava diante de nada, não conhecia moléstia aflitiva ou repelente, e estava sempre pronto para tudo, a qualquer hora do dia ou da noite. Toda a gente pasmava e aplaudia. Fortunato estudava, acompanhava as operações, e nenhum outro curava os cáusticos.

— Tenho muita fé nos cáusticos — dizia ele.

A comunhão dos interesses apertou os laços da intimidade. Garcia tornou-se familiar na casa; ali jantava quase todos os dias, ali observava a pessoa e a vida de Maria Luísa, cuja solidão moral era evidente. E a solidão como que lhe duplicava o encanto. Garcia começou a sentir que alguma coisa o agitava, quando ela aparecia, quando falava, quando trabalhava, calada, ao canto da janela, ou tocava ao piano umas músicas tristes. Manso e manso, entrou-lhe o amor no coração. Quando deu por ele, quis expeli-lo, para que entre ele e Fortunato não houvesse outro laço que o da amizade; mas não pôde. Pôde apenas trancá-lo; Maria Luísa compreendeu ambas as coisas, a afeição e o silêncio, mas não se deu por achada.

No começo de outubro deu-se um incidente que desvendou ainda mais aos olhos do médico a situação da moça. Fortunato metera-se a estudar anatomia e fisiologia, e ocupava-se nas horas vagas em rasgar e envenenar gatos e cães. Como os guinchos dos animais atordoavam os doentes, mudou o laboratório para casa, e a mulher, compleição nervosa, teve de os sofrer. Um dia, porém, não podendo mais, foi ter com o médico e pediu-lhe que, como coisa sua, alcançasse do marido a cessação de tais experiências.

— Mas a senhora mesma...

Maria Luísa acudiu, sorrindo:

— Ele naturalmente achará que sou criança. O que eu queria é que o senhor, como médico, lhe dissesse que isso me faz mal; e creia que faz...

Garcia alcançou prontamente que o outro acabasse com tais estudos. Se os foi fazer em outra parte, ninguém o soube, mas pode ser que sim. Maria Luísa agradeceu ao médico, tanto por ela como pelos animais, que não podia ver padecer. Tossia de quando em quando; Garcia perguntou-lhe se tinha alguma coisa, ela respondeu que nada.

— Deixe ver o pulso.

— Não tenho nada.

Não deu o pulso, e retirou-se. Garcia ficou apreensivo. Cuidava, ao contrário, que ela podia ter alguma coisa, que era preciso observá-la e avisar o marido em tempo.

Dois dias depois — exatamente o dia em que os vemos agora — Garcia foi lá jantar. Na sala disseram-lhe que Fortunato estava no gabinete, e ele caminhou para ali; ia chegando à porta, no momento em que Maria Luísa saía aflita.

— Que é? — perguntou-lhe.

— O rato! O rato! — exclamou a moça sufocada e afastando-se.

Garcia lembrou-se de que, na véspera, ouvira ao Fortunato queixar-se de um rato, que lhe levara um papel importante; mas estava longe de esperar o que viu. Viu Fortunato sentado à mesa, que havia no centro do gabinete, e sobre o qual pusera um prato com espírito de vinho. O líquido flamejava. Entre o polegar e o índice da mão esquerda segurava um barbante, de cuja ponta pendia o rato atado pela cauda. Na direita tinha uma tesoura. No momento em que Garcia entrou, Fortunato cortava ao rato uma das patas; em seguida desceu o infeliz até à chama, rápido, para não matá-lo, e dispôs-se a fazer o mesmo à terceira, pois já lhe havia cortado a primeira. Garcia estacou horrorizado.

— Mate-o logo! — disse-lhe.

— Já vai.

E com um sorriso único, reflexo de alma satisfeita, alguma coisa que traduzia a delícia íntima das sensações supremas, Fortunato cortou a terceira pata ao rato, e fez pela terceira vez o mesmo movimento até a chama. O miserável estorcia-se, guinchando, ensanguentado, chamuscado, e não acabava de morrer. Garcia desviou os olhos, depois voltou-os novamente, e estendeu a mão para impedir que o suplício continuasse, mas não chegou a fazê-lo, porque o diabo do homem impunha medo, com toda aquela serenidade radiosa da fisionomia. Faltava cortar a última pata; Fortunato cortou-a muito devagar, acompanhando a tesoura com os olhos; a pata caiu, e ele ficou olhando para o rato meio cadáver. Ao descê-lo pela quarta vez, até a chama, deu ainda mais rapidez ao gesto, para salvar, se pudesse, alguns farrapos de vida.

Garcia, defronte, conseguia dominar a repugnância do espetáculo para fixar a cara do homem. Nem raiva, nem ódio; tão somente um vasto prazer, quieto e profundo, como daria a outro a audição de uma bela sonata ou a vista de uma estátua divina, alguma coisa parecida com a pura sensação estética. Pareceu-lhe, e era verdade, que Fortunato havia-o inteiramente esquecido. Isto posto, não estaria fingindo, e devia ser aquilo mesmo. A chama ia morrendo, o rato podia ser que tivesse ainda um resíduo de vida, sombra de sombra; Fortunato aproveitou-o para cortar-lhe o focinho e pela última vez chegar a carne ao fogo. Afinal deixou cair o cadáver no prato, e arredou de si toda essa mistura de chamusco e sangue.

Ao levantar-se deu com o médico e teve um sobressalto. Então, mostrou-se enraivecido contra o animal, que lhe comera o papel; mas a cólera evidentemente era fingida.

"Castiga sem raiva", pensou o médico, "pela necessidade de achar uma sensação de prazer, que só a dor alheia lhe pode dar: é o segredo desse homem."

Fortunato encareceu a importância do papel, a perda que lhe trazia, perda de tempo, é certo, mas o tempo agora era-lhe preciosíssimo. Garcia ouvia só, sem dizer nada, nem lhe dar crédito. Relembrava os atos dele, graves e leves, achava a mesma explicação para todos. Era a mesma troca das teclas da sensibilidade, um diletantismo *sui generis*[3], uma redução de Calígula[4].

Quando Maria Luísa voltou ao gabinete, daí a pouco, o marido foi ter com ela, rindo, pegou-lhe nas mãos e falou-lhe mansamente:

— Fracalhona!

E voltando-se para o médico:

— Há de crer que quase desmaiou?

Maria Luísa defendeu-se a medo, disse que era nervosa e mulher; depois foi sentar-se à janela com as suas lãs e agulhas, e os dedos ainda trêmulos, tal qual a vimos no começo desta história. Hão de lembrar-se de que, depois de terem falado de outras coisas, ficaram calados os três, o marido sentado e olhando para o teto, o médico estalando as unhas. Pouco depois foram jantar; mas o jantar não foi alegre. Maria Luísa cismava e tossia; o médico indagava de si mesmo se ela não estaria exposta a algum excesso na companhia de tal homem. Era apenas possível; mas o amor trocou-lhe a possibilidade em certeza; tremeu por ela e cuidou de os vigiar.

Ela tossia, tossia, e não se passou muito tempo que a moléstia não tirasse a máscara. Era a tísica[5], velha dama insaciável, que chupa a vida toda, até deixar um bagaço de ossos. Fortunato recebeu a notícia como um golpe; amava deveras a mulher, a seu modo, estava acostumado com ela, custava-lhe perdê-la. Não poupou esforços, médicos, remédios, ares, todos os recursos e todos os paliativos. Mas foi tudo vão. A doença era mortal.

---

3. Em latim: único, singular; 4. Imperador romano (12-41 d.C.) célebre por sua crueldade; 5. Tuberculose.

Nos últimos dias, em presença dos tormentos supremos da moça, a índole do marido subjugou qualquer outra afeição. Não a deixou mais; fitou o olho baço e frio naquela decomposição lenta e dolorosa da vida, bebeu uma a uma as aflições da bela criatura, agora magra e transparente, devorada de febre e minada de morte. Egoísmo aspérrimo, faminto de sensações, não lhe perdoou um só minuto de agonia, nem lhos pagou com uma só lágrima, pública ou íntima. Só quando ela expirou, é que ele ficou aturdido. Voltando a si, viu que estava outra vez só.

De noite, indo repousar uma parenta de Maria Luísa, que a ajudara a morrer, ficaram na sala Fortunato e Garcia, velando o cadáver, ambos pensativos; mas o próprio marido estava fatigado, o médico disse-lhe que repousasse um pouco.

— Vá descansar, passe pelo sono uma hora ou duas: eu irei depois.

Fortunato saiu, foi deitar-se no sofá da saleta contígua e adormeceu logo. Vinte minutos depois acordou, quis dormir outra vez, cochilou alguns minutos, até que se levantou e voltou à sala. Caminhava nas pontas dos pés para não acordar a parenta, que dormia perto. Chegando à porta, estacou assombrado.

Garcia tinha-se chegado ao cadáver, levantara o lenço e contemplara por alguns instantes as feições defuntas. Depois, como se a morte espiritualizasse tudo, inclinou-se e beijou-a na testa. Foi nesse momento que Fortunato chegou à porta.

Estacou assombrado; não podia ser o beijo da amizade, podia ser o epílogo de um livro adúltero. Não tinha ciúmes, note-se; a natureza compô-lo de maneira que não lhe deu ciúmes nem inveja, mas dera-lhe vaidade, que não é menos cativa ao ressentimento. Olhou assombrado, mordendo os beiços.

Entretanto Garcia inclinou-se ainda para beijar outra vez o cadáver, mas então não pôde mais. O beijo rebentou em soluços, e os olhos não puderam conter as lágrimas, que vieram em borbotões, lágrimas de amor calado, e irremediável desespero. Fortunato, à porta, onde ficara, saboreou tranquilo essa explosão de dor moral que foi longa, muito longa, deliciosamente longa.

(In *A cartomante e outros contos*. São Paulo, Moderna, 2004.)

ARTUR AZEVEDO

Plebiscito

A cena passa-se em 1890.

A família está toda reunida na sala de jantar.

O Sr. Rodrigues palita os dentes, repimpado numa cadeira de balanço. Acabou de comer como um abade.

D. Bernardina, sua esposa, está muito entretida a limpar a gaiola de um canário-belga.

Os pequenos são dois, um menino e uma menina. Ela distrai-se a olhar o canário. Ele, encostado à mesa, os pés cruzados, lê com muita atenção umas das nossas folhas diárias.

Silêncio.

De repente, o menino levanta a cabeça e pergunta:

— Papai, que é plebiscito?

O Sr. Rodrigues fecha os olhos imediatamente para fingir que dorme.

O pequeno insiste:

— Papai?

Pausa.

— Papai?

D. Bernardina intervém:

— Ó seu Rodrigues, Manduca está lhe chamando. Não durma depois do jantar que lhe faz mal.

O Sr. Rodrigues não tem remédio senão abrir os olhos.

— Que é? Que desejam vocês?

— Eu queria que papai me dissesse o que é plebiscito.

— Ora essa rapaz! Então tu vais fazer doze anos e não sabes ainda o que é plebiscito?

— Se soubesse não perguntava.

O Sr. Rodrigues volta-se para D. Bernardina, que continua muito ocupada com a gaiola:

— Ó senhora, o pequeno não sabe o que é plebiscito!

— Não admira que ele não saiba, porque eu também não sei.

— Que me diz?! Pois a senhora não sabe o que é plebiscito?

— Nem eu, nem você; aqui em casa ninguém sabe o que é plebiscito.

— Ninguém, alto lá! Creio que tenho dado provas de não ser nenhum ignorante!

— A sua cara não me engana. Você é muito prosa. Vamos: se sabe, diga o que é plebiscito! Então? A gente está esperando! Diga!...

— A senhora o que quer é enfezar-me!

— Mas, homem de Deus, para que você não há de confessar que não sabe? Não é nenhuma vergonha ignorar qualquer palavra. Já outro dia foi a mesma coisa quando Manduca lhe perguntou o que era proletário. Você falou, e o menino ficou sem saber!

— Proletário — acudiu o Sr. Rodrigues — é o cidadão pobre que vive do trabalho malremunerado.

— Sim, agora sabe porque foi ao dicionário; mas dou-lhe um doce, se me disser o que é plebiscito sem se arredar dessa cadeira!

— Que gostinho tem a senhora em tornar-me ridículo na presença dessas crianças!

— Oh! Ridículo é você mesmo quem se faz. Seria tão simples dizer: — Não sei, Manduca, não sei o que é plebiscito; vai buscar o dicionário, meu filho.

O Sr. Rodrigues ergue-se de um ímpeto e brada:

— Mas se eu sei!

— Pois, se sabe, diga!

— Não digo para não me humilhar diante de meus filhos! Não dou o braço a torcer! Quero conservar a força moral que devo ter nesta casa! Vá para o diabo!

E o Sr. Rodrigues, exasperadíssimo, nervoso, deixa a sala de jantar e vai para o seu quarto, batendo violentamente a porta.

No quarto havia o que ele mais precisava naquela ocasião: algumas gotas de água de flor de laranja e um dicionário...

A menina toma a palavra:

— Coitado de papai! Zangou-se logo depois do jantar! Dizem que é tão perigoso!

— Não fosse tolo — observa D. Bernardina — e confessasse francamente que não sabia o que é plebiscito!

— Pois — acode Manduca, muito pesaroso por ter sido o causador involuntário de toda aquela discussão —, pois sim, mamãe; chame papai e façam as pazes.

— Sim! Sim! Façam as pazes! — diz a menina em tom meigo e suplicante. — Que tolice! Duas pessoas que se estimam tanto zangarem-se por causa do plebiscito!

D. Bernardina dá um beijo na filha e vai bater à porta do quarto:

— Seu Rodrigues, venha sentar-se; não vale a pena zangar-se por tão pouco.

O negociante esperava a deixa. A porta abre-se imediatamente. Ele entra, atravessa a casa e vai sentar-se na cadeira de balanço.

— É boa! — brada o Sr. Rodrigues depois de largo silêncio. — É muito boa! Eu! Eu ignorar a significação da palavra *plebiscito*! Eu!...

A mulher e os filhos aproximam-se dele.

O homem continua num tom profundamente dogmático:

— Plebiscito...

E olha para todos os lados a ver se há por ali mais alguém que possa aproveitar a lição.

— Plebiscito é uma lei decretada pelo povo romano, estabelecido em comícios.

— Ah! — suspiram todos, aliviados.

— Uma lei romana, percebem? E querem introduzi-la no Brasil! É mais um estrangeirismo!...

(In *Contos*. São Paulo, Ed. Três, 1973.)

SIMÕES LOPES NETO

Trezentas onças

Eu tropeava, nesse tempo. Duma feita que viajava de escoteiro, com a guaiaca[1] empanzinada de onças[2] de ouro, vim parar aqui neste mesmo passo, por me ficar mais perto da estância da Coronilha, onde devia pousar.

Parece que foi ontem!... Era por fevereiro; eu vinha abombado de troteada.

Olhe, ali, na restinga, à sombra daquela mesma reboleira[3] de mato, que está nos vendo, na beira do passo[4], desencilhei; e estendido nos pelegos, a cabeça no lombilho[5], com o chapéu sobre os olhos, fiz uma sesteada morruda.

Despertando, ouvindo o ruído manso da água tão limpa e tão fresca rolando sobre o pedregulho,

---

1. Cinto largo de couro, com pequenos bolsos; 2. Antiga moeda de ouro brasileira; 3.Touceira de ervas ou de arbustos; 4. Passagem, lugar de um curso de água por onde se passa a pé ou a cavalo; 5. Espécie de sela usada no Rio Grande do Sul.

tive ganas de me banhar; até para quebrar a lombeira... e fui-me à água que nem capincho[6]!

Debaixo da barranca havia um fundão onde mergulhei umas quantas vezes; e sempre puxei umas braçadas, poucas, porque não tinha cancha para um bom nado.

E solito e no silêncio, tornei a vestir-me, encilhei o zaino[7] e montei.

Daquela vereda andei como três léguas, chegando à estância cedo ainda, obra assim de braça e meia de sol.

Ah!... Esqueci de dizer-lhe que andava comigo um cachorrinho brasino[8], um cusco, mui esperto e boa vigia. Era das crianças, mas às vezes dava-lhe para acompanhar-me e, depois de sair a porteira, nem por nada fazia cara-volta[9], a não ser comigo. E nas viagens dormia sempre ao meu lado, sobre a ponta da carona, na cabeceira dos arreios.

Por sinal que uma noite...

Mas isso é outra coisa; vamos ao caso.

Durante a troteada bem reparei que volta e meia o cusco parava-se na estrada e latia e corria para trás, e olhava-me, olhava-me, e latia de novo e troteava um pouco sobre o rastro. Parecia que o bichinho estava me chamando!... Mas, como eu ia, ele tornava a alcançar-me, para daí a pouco recomeçar.

Pois, amigo! Não lhe conto nada! Quando botei o pé em terra na ramada da estância, ao tempo que dava as — boas-tardes! — ao dono da casa, aguentei um tirão seco no coração... Não senti na cintura o peso da guaiaca!

---

6. Capivara; 7. Cavalo castanho-escuro; 8. Vermelho com listras escuras; 9. Meia-volta.

Tinha perdido trezentas onças de ouro que levava para pagamento de gados que ia levantar.

E logo passou-me pelos olhos um clarão de cegar, depois uns coriscos tirante a roxo... Depois tudo me ficou cinzento, para escuro...

Eu era mui pobre — e, ainda hoje, é como vancê sabe... Estava começando a vida, e o dinheiro era do meu patrão, um charqueador, sujeito de contas mui limpas e brabo como uma manga de pedra...

Assim, de meio assombrado me fui repondo quando ouvi que indagavam...

— Então, patrício? Está doente?

— Obrigado! Não, senhor — respondi. — Não é doença; é que sucedeu-me uma desgraça: perdi uma dinheirama do meu patrão...

— *A la fresca!*[10]...

— É verdade... Antes morresse, que isto! Que vai ele pensar agora de mim!...

— É uma dos diabos, é... Mas não se acoquine, homem!

Nisso o cusco brasino deu uns pulos ao focinho do cavalo, como querendo lambê-lo, e logo correu para a estrada, aos latidos. E olhava-me, e vinha e ia, e tornava a latir...

Ah!... E num repente lembrei-me bem de tudo. Parecia que estava vendo o lugar da sesteada, o banho, a arrumação das roupas nuns galhos de sarandi e, em cima de uma pedra, a guaiaca e por cima dela o cinto das armas, e até uma ponta de cigarro de que tirei uma última tragada, antes

10. Expressão de espanto, descrença.

de entrar na água, e que deixei espetada num espinho, ainda fumegando, soltando uma fitinha de fumaça azul, que subia, fininha e direita, no ar sem vento... Tudo, vi tudo.

Estava lá, na beirada do passo, a guaiaca. E o remédio era um só: tocar a meia rédea, antes que outros andantes passassem.

Num vu estava a cavalo; e mal isto, o cachorrito pegou a retouçar, numa alegria, ganindo — Deus me perdoe! — que até parecia fala!

E dei de rédea, dobrando o cotovelo do cercado.

Ali logo frenteei com uma comitiva de tropeiros, com grande cavalhada por diante, e que por certo vinha tomar pouso na estância. Na cruzada nos tocamos todos na aba do sombreiro; uns quantos vinham de balandrau[11] enfiado. Sempre me deu uma coraçonada[12] para fazer umas perguntas... mas engoli a língua.

Amaguei[13] o corpo e, penicando de esporas, toquei a galope largo.

O cachorrinho ia ganiçando, ao lado, na sombra do cavalo, já mui comprida.

A estrada estendia-se deserta; à esquerda os campos desdobravam-se a perder de vista, serenos, verdes, clareados pela luz macia do sol morrente, manchados de pontas de gado que iam se arrolhando[14] nos paradouros da noite; à direita, o sol, muito baixo, vermelho-dourado, entrando em massa de nuvens de beiradas luminosas.

---

11. Poncho ou pala com abertura no meio, pela qual se passa a cabeça; 12. Palpite, pressentimento; 13. Jogar o corpo à frente, quando a cavalo, para dar impulso ao animal; 14. Reunir-se, agrupar-se.

Nos atoleiros, secos, nem um quero-quero: uma que outra perdiz, sorrateira, piava de manso por entre os pastos maduros; e longe, entre o resto da luz que fugia de um lado e a noite que vinha, peneirada, do outro, alvejava a brancura de um joão-grande, voando, sereno, quase sem mover as asas, como numa despedida triste, em que a gente também não sacode os braços...

Foi caindo uma aragem fresca; e um silêncio grande em tudo.

O zaino era um pingaço[15] de lei; e o cachorrinho, agora sossegado, meio de banda, de língua de fora e de rabo em pé, troteava miúdo e ligeiro dentro da polvadeira rasteira que as patas do flete levantavam.

E entrou o sol; ficou nas alturas um clarão afogueado, como de incêndio num pajonal; depois o lusco-fusco; depois, cerrou a noite escura; depois, no céu, só estrelas... só estrelas...

O zaino atirava o freio e gemia no compasso do galope, comendo caminho. Bem por cima da minha cabeça as Três-Marias tão bonitas, tão vivas, tão alinhadas, pareciam me acompanhar... Lembrei-me dos meus filhinhos, que as estavam vendo, talvez; lembrei-me da minha mãe, de meu pai, que também as viram, quando eram crianças e que já as conheceram pelo seu nome de Marias, as Três-Marias. — Amigo! Vancê é moço, passa a sua vida rindo... Deus o conserve!... sem saber nunca como é pesada a tristeza dos campos quando o coração pena!...

15. Aumentativo de pingo (cavalo bom).

Há que tempos eu não chorava!... Pois me vieram lágrimas... Devagarinho, como gateando, subiram... Tremiam sobre as pestanas, luziam um tempinho... e, ainda quentes, no arranco do galope lá caíam elas na polvadeira da estrada, como um pingo d'água perdido, que nem mosca, nem formiga daria com ele!...

Por entre as minhas lágrimas, como um sol cortando um chuvisqueiro, passou-me na lembrança a toada dum verso lá dos meus pagos...

Quem canta refresca a alma,
Cantar adoça o sofrer;
Quem canta zomba da morte:
Cantar ajuda a viver!...

Mas que cantar podia eu!...

O zaino respirou forte e sentou[16], trocando a orelha, farejando no escuro: o bagual tinha reconhecido o lugar, estava no passo.

Senti o cachorrinho respirando, como assoleado. Apeei-me.

Não bulia uma folha; o silêncio, nas sombras do arvoredo, metia respeito... Que medo, não, que não entra em peito de gaúcho.

Embaixo, o rumor da água pipocando sobre o pedregulho; vaga-lumes retouçando no escuro. Desci, dei com o lugar onde havia estado; tenteei os galhos do sarandi; achei a pedra onde tinha posto a guiaca e as armas; corri as mãos por todos os lados, mais pra lá, mais pra cá... Nada! Nada!...

16. Passar de repente.

Então, senti frio dentro da alma... O meu patrão ia dizer que eu o havia roubado!... Roubado!... Pois então eu ia lá perder as onças!... Qual! Ladrão, ladrão, é que era!...

E logo uma tenção ruim entrou-me nos miolos: eu devia matar-me, para não sofrer a vergonha daquela suposição.

É; era o que eu devia fazer: matar-me... e já, aqui mesmo!

Tirei a pistola do cinto; amartilhei[17] o gatilho... benzi-me e encostei no ouvido o cano, grosso e frio, carregado de bala...

Ah! Patrício! Deus existe!...

No refilão daquele tormento, olhei para diante e vi... As Três-Marias luzindo na água... o cusco encarapitado na pedra, ao meu lado, estava me lambendo a mão... e logo, logo, o zaino relinchou lá em cima, na barranca do riacho, ao mesmíssimo tempo que a cantoria alegre de um grilo retinia ali perto, num oco de pau!... Patrício! Não me avexo duma heresia; mas era Deus que estava no luzimento daquelas estrelas, era ele que mandava aqueles bichos brutos arredarem de mim a má tenção...

O cachorrinho tão fiel lembrou-me a amizade da minha gente; o meu cavalo lembrou-me a liberdade, o trabalho, e aquele grilo cantador trouxe a esperança...

Eh-pucha! Patrício, eu sou mui rude... A gente vê caras, não vê corações... Pois o meu, dentro do peito, naquela hora, estava como um espinilho ao

17. Engatilhar.

sol, num descampado, no pino do meio-dia: era luz de Deus por todos os lados!...

E já todo no meu sossego de homem, meti a pistola no cinto. Fechei um baio[18], bati o isqueiro e comecei a pitar.

E fui pensando. Tinha, por minha culpa, exclusivamente por minha culpa, tinha perdido as trezentas onças, uma fortuna para mim. Não sabia como explicar o sucedido, comigo, acostumado a bem cuidar das coisas. Agora... era vender o campito, a ponta de gado manso — tirando umas leiteiras para as crianças e a junta dos jaguanés[19] lavradores — vender a tropilha dos colorados... e pronto! Isso havia de chegar, folgado; e caso mermasse[20] a conta... enfim, havia se ver o jeito a dar... Porém matar-se um homem, assim no mais... e chefe de família... isso, não!

E d'espacito vim subindo a barranca; assim que me sentiu, o zaino escarceou, mastigando o freio.

Desmaneei-o, apresilhei o cabresto; o pingo agarrou a volta e eu montei, aliviado.

O cusco escaramuçou, contente; a trote e galope voltei para a estância.

Ao dobrar a esquina do cercado enxerguei luz na casa, a cachorrada saiu logo, acuando. O zaino relinchou alegremente, sentindo os companheiros; do potreiro outros relinchos vieram.

Apeei-me no galpão, arrumei as garras e soltei o pingo, que se rebolcou, com ganas.

Então fui para dentro: na porta dei o — Louvado seja Jesu-Cristo; boa-noite! e entrei, e comigo,

18. Cigarro de palha; 19. Bois; 20. Diminuir.

rente, o cusco. Na sala do estancieiro havia uns quantos paisanos; era a comitiva que chegava quando eu saía; corria o amargo[21].

Em cima da mesa a chaleira, e ao lado dela, enroscada, como uma jararaca na ressolana, estava a minha guaiaca, barriguda, por certo com as trezentas onças dentro.

— Louvado seja Jesu-Cristo, patrício! Boa noite! *Entonces*, que tal le foi de susto?...

E houve uma risada grande de gente boa.

Eu também fiquei-me rindo, olhando para a guaiaca e para o guaipeva[22], arrolhadito aos meus pés...

(In *Contos e lendas*. 2. ed. Rio de Janeiro, Agir, 1960.)

21. Mate chimarrão; 22. Cusco, cãozinho.

COELHO NETO

Os pombos

Quando Joana apareceu à porta bocejando, fatigada da longa noite passada em claro, à cabeceira do filho, Tibúrcio, de pé no terreiro, firmado à enxada, olhava o pombal alvoroçado.

O sol começava a subir dourando as folhas úmidas; à beira do córrego esvoaçavam rolas e os sanhaços faziam alegre algazarra nos ramos altos das árvores das cercanias.

O caboclo, imóvel, não tirava os olhos do pombal que ficava à sombra de copada mangueira. Por vezes franzia a fronte queimada acusando a luta íntima, graves preocupações que lhe trabalhavam o espírito. Um pombo abalava, outro, logo outro — ele voltava a cabeça, seguia-os até perdê-los de vista e tornava à contemplação melancólica.

As aves iam e vinham, entravam, saíam agitadas, arrulhando alto; esvoaçavam em redor da habitação, pousavam nas árvores, no sapê da cabana, baixavam à terra inquietas, fazendo roda, arrufadas.

Algumas pareciam orientar-se buscando rumo — alongavam os olhos pelo claro espaço, aprofundando a vista nos horizontes remotos; outras voavam, descreviam grandes voltas e regressavam ao pombal. Juntavam-se em rebuliço turturinando, como se discutissem, combinassem a abalada.

Algumas, indecisas, abriam as asas ameaçando o voo, mas logo as fechavam; outras arrojavam-se, mas retrocediam sem ânimo e o rumor crescia, na atropelada excitação da faina da partida.

O caboclo não se arredava, olhando. Ele bem sabia que era a vida de seu filho que ali estava em jogo, pendente da resolução das aves. "Quando os pombos desertam, a desgraça vem logo."

Vendo-o, Joana perguntou:

— Que é?

O caboclo coçou a cabeça sem responder. Ela insistiu:

— Que é, Tibúrcio?

— A mode que os pombo 'tão arribando, Joana.

A cabocla sorriu tristemente:

— Uai — só agora é qu'ocê 'tá dando por isso? Desde que ele caiu de cama. Eu não quis falar, mas bem que eu 'tava vendo.

O caboclo pôs a enxada ao ombro e foi-se lentamente a caminho da roça, por entre o capim molhado que exalava um cheiro picante.

Galinhas cacarejavam ocultas nas ervas altas e um fio d'água, que derivava fino e suave, lampejava aqui, ali, nas abertas do mato. Tibúrcio, sempre de cabeça baixa, enxada ao ombro, seguia impressionado com a repentina migração das aves.

Era o anúncio fatal. Ele bem ouvira a coruja noites e noites seguidas; não fizera caso — tudo ia bem: o pequeno com saúde, eles sempre robustos. Mas ali estava a confirmação do aviso — a fuga dos pombos; todos criados por ele, lá iam, abandonavam-no pressentindo a chegada da morte.

Voltou-se, levantou o olhar — as aves esvoaçavam descrevendo círculos e Joana lá estava na soleira da cabana, encostada ao umbral, braços cruzados, a cabeça pendida, decerto chorando, coitada!

Revoltou-se com uma surda explosão de ódio contra as aves ingratas. Nunca tivera coragem de matar uma só e vivia sempre a consertar o pombal, mais uma coisa, mais outra, pensando em aumentá-lo para os novos casais. E o filho? Não era ele quem pilhava o milho para os borrachos[1]? quem sempre andava pela mangueira, de ramo em ramo, a ver se havia alguma fenda no pombal por onde a chuva penetrasse? Quem sabe se era porque o não viam que os pombos abandonavam a casa?

Encolheu os ombros e seguiu, mato dentro. Ao atravessar a estiva[2], o coração bateu-lhe com força, na emoção dum presságio. Parou. A água

1. Filhotinho de pombo; 2. Ponte feita de paus ou varas atravessados sobre um córrego.

rebalsada[3] refletia-o imóvel e ele olhava sem ver a sua imagem, pensando no pequeno que delirava, ardendo em febre.

Enveredou pela roça. O milharal apendoado era tão alto que o homem desaparecia seguindo os carreiros cobertos de folhas secas. Pomas de terra fofa encobriam formigueiros que ele sempre arrasava nos dias tranquilos. Nem deu por elas. Seguia. Papagaios fugiam chalrando, com as verdes asas luzindo ao sol; gafanhotos enormes saltavam nas folhas. Por vezes um calango rastejava ligeiro.

Havia um ranchinho de palha — era ali que o filho costumava ficar arranjando as suas arapucas; ainda lá estava um feixe de taquaras, mas a erva começava a invadir o abrigo abandonado... Também ia já para um mês que o pequeno ali não aparecia. Quando chegou ao mandiocal, sentou-se alquebrado — a enxada pesava-lhe ao ombro como uma carga, as pernas afrouxavam, todo o corpo ressentia-se de fadiga como se ele chegasse de estirada viagem. Sentou-se num cômoro e pôs-se a riscar a terra com um graveto, pensando.

Às vezes parecia-lhe ouvir a voz da mulher ecoando; levantava a cabeça e, atento, sobressaltado, ficava à escuta. Só ouvia o crepitar das folhas balançadas pela viração e o zizio dos insetos ao sol. A terra transpirava, um vapor diáfano subia tremulamente do solo aquecido, as folhas pendiam lânguidas e no céu, dum azul intenso, passavam urubus vagarosos demandando as malhadas longínquas.

3. Estagnada.

De repente um pombo atravessou os ares, outro, outro logo depois. Tibúrcio pôs-se de pé olhando — lá iam eles, lá iam! Asas estalaram — eram outros. Aqueles não tornariam mais, nunca mais! Fugiam espavoridos, sentindo a morte que devia vir perto.

Lançou um olhar largo em volta e só viu a verdura farta ondulando à brisa, sob a claridade cálida. Devia ter levado o filho à vila logo que ele caiu doente; mas quem podia contar com aquilo? De repente um febrão, delírio... Que fazer? Levantou os olhos para o céu e ficou contemplando o azul luminoso. Mais um pombo passou. Meneou a cabeça desanimado e, atirando um murro à coxa, pôs a enxada ao ombro e deu volta tornando a casa. Quando Joana o descobriu no terreiro, como se adivinhasse o seu pensamento, disse:

— Foi mesmo melhor você voltar, meu velho. Eu aqui sozinha nem sei que hei de fazer.

Ele olhou o pombal — estava deserto, em silêncio.

Ao cair da tarde sentou-se no limiar da cabana e, fumando, ficou à espera dos pombos. As cigarras cantavam, todos os pássaros, que tinham os seus ninhos nas árvores próximas, recolhiam e, como ainda havia luz, deixavam-se ficar nos ramos, desferindo os últimos galreios.

O céu empalidecia, nublava-se de leve o fundo campo triste. A aragem da tarde espalhava o suave aroma das açucenas que abriam. Perto um cão ladrava, a espaços; por vezes um lento mugido entristecia o silêncio. Tibúrcio não tirava os olhos do pombal senão para os alongar pelo espaço, procurando descobrir uma das aves. Talvez tornassem.

Onde achariam elas melhor abrigo? A floresta era arriscada e pombos de casa não fazem vida no mato. Que outro pombal os teria atraído? Se ele houvesse seguido a direção do voo... Alguns tinham tomado para os lados dos campos, outros haviam endireitado para a serra. E não voltavam.

Começava a escurecer. Joana acendeu a candeia. Já os sapos coaxavam nos aguaçais. Uma estrela luziu no céu. Tibúrcio fitou nela os olhos e pôs-se a rezar baixinho. O silêncio era apenas interrompido pelo burburinho d'água do córrego que rolava perto, nos fundos da cabana, saltando, escachoando em pedrouços. Tibúrcio suspirou e ergueu-se, encostou-se ao umbral sem ânimo de entrar. Joana chegou-se à porta.

— Então?...

— No mesmo... Agora nem água. Qual!

Ele desceu o degrau de madeira, chamou-a e caminharam vagarosamente no terreiro que começava a clarear. Junto à mangueira, justamente sob o pombal, pararam e o caboclo, baixinho, como se receasse ser ouvido pelo filho, perguntou:

— Joana, você não sabe reza nenhuma pra isso?

E mostrou o pombal deserto.

— Nhá Lina é que sabe.

— E chama?

— Diz que sim.

Tibúrcio ficou a pensar. Súbito, levantando resolutamente a cabeça, disse em voz firme:

— Eu vou lá.

— Agora?

— Então... Você não diz que chama?

— Eu nunca vi, Tibúrcio. Dizem.

— Você não quer.

— Eu? Eu não. Só o que acho é que é muito tarde. Você já viu como ele está? Não há acordo de nada. Eu ando, falo, viro e mexo no quarto e ele... nem como coisa. Ali só Deus!

A voz ia-se-lhe travando na garganta; de repente desatou a chorar. Tibúrcio afastou-se, pôs-se a andar vagamente no terreiro. A lua subia, os campos alvejavam e as sombras das árvores, muito negras, tisnavam a claridade.

— Tem paciência, minha velha. A gente fez tudo.

Os grilos cantavam estrídulos; um caburé[4] passou com um grito rascante. O caboclo murmurou: "Já sei". De repente Joana estremeceu, voltou-se hirta para a cabana, por cuja porta escancarada saía ao terreiro um raio de luz lívido e, depois de olhar um momento, como assombrada, partiu de arranco.

Tibúrcio, imóvel, sem compreender o que fizera a mulher, esperava vê-la reaparecer tranquila, quando um grito lancinante atravessou o silêncio. O caboclo arrojou-se para a cabana, foi direito ao quarto que uma lamparina alumiava: a mulher, de

4. Espécie de coruja pequena.

joelhos junto ao catre[5], debruçada sobre o filho, soluçava desesperadamente.

— Que é, Joana?

Ela rouquejou atirando os braços sobre o corpo da criança.

— Acabou! Vê...

Ele inclinou-se: o seu rosto roçou por uma face que ardia, a sua mão trêmula pôs-se a apalpar um corpo abrasado, sentindo o peito magro ripado pelas costelas, o ventre fundo.

— Vê o coração, Tibúrcio.

Ele apenas disse:

— Acabou.

A mulher ergueu-se de ímpeto, desfigurada, com os cabelos desgrenhados, os olhos flamejantes; quis falar, estendeu os braços para o marido, mas caiu molemente numa canastra e, dobrando-se toda, rompeu a chorar, redizendo o nome do filho com a ternura a coar-se pelos soluços:

— Meu Luís! Meu Luisinho! Tão vivo, minha Nossa Senhora!

Tibúrcio afastou-se e, na sala, diante da mesa em que jazia a candeia, parou com o olhar perdido, os lábios trêmulos e as lágrimas rolando em grossas gotas ao longo da face ossuda. Joana rompeu do quarto cambaleando como ébria e, vendo-o, atirou-se-lhe nos braços; ele amparou-a sem dizer palavra e, abraçados, ficaram largo tempo de pé na estreita sala obscura onde os grilos cantavam.

Joana tornou para o quarto. Tibúrcio ficou encostado à mesa, de olhos fitos na luz da candeia,

5. Cama pobre.

que oscilava com o vento. O luar entrava alvo, caleando[6] as paredes. Ele moveu-se com arrancado suspiro, foi até a porta, sentou-se na soleira, acendeu o cachimbo e quedou-se olhando o campo iluminado. De repente pareceu-lhe ouvir arrulhos — levantou a cabeça, olhando. As estrelas cintilavam na altura, a copa das árvores reluzia ao luar. Seria ilusão?

Encolheu-se e, imóvel, atento, ficou à escuta: os arrulhos continuavam. Ergueu-se impetuosamente e caminhou direito ao pombal, colando-se ao tronco da mangueira. Seriam os pombos que voltavam depois da passagem da morte? Respondendo à sua ideia, pôs-se a resmungar enfurecido:

— Agora é tarde! Agora é tarde, malditos!

Um ruflo d'asas, turturinos[7] meigos, pios partiram do pombal. Não havia dúvida. O rosto contraiu-se-lhe em ríctus[8]. Adiantou-se e, do meio do terreiro, olhou o pombal, caminhando resolutamente para a cabana.

Joana soluçava. Ele apanhou a candeia, dirigiu-se à cozinha e, vendo o machado a um canto, tomou-o, sempre resmungando. Voltou ao terreiro e, sob a mangueira, arregaçando as mangas da camisa grossa, brandiu o machado.

Ao primeiro golpe no poste que sustentava o pombal, as aves calaram-se. Tibúrcio redobrava de esforço, arquejando. A um estalo seco afastou-se, mas a construção continuava de pé, resistindo. Encostou o machado ao tronco e, agarrando-se aos galhos, guindou-se, foi marinhando[9] pela árvore acima e, firmando-se numa forquilha, atirou um

6. Caiar, branquear; 7. Arrulho; canto ou gemido de pombos; 8. Trejeito que dá à boca o ar de riso; 9. Subir.

pontapé à grande caixa, que rapidamente pendeu, ruiu, com estrondo no terreiro.

Dois pombos voaram assustados, estonteados, incertos na claridade noturna, e pousaram no teto da palhoça.

O caboclo escorregou ligeiro pelo tronco e viu dois pequenos corpos que piavam, oscilavam, arrastavam-se — eram dois borrachos. Agachou--se, tomou-os nas mãos, pôs-se a mirá-los: eram hediondos[10], ainda implumes, tendo apenas uma leve penugem sobre as nervuras do corpo engelhado e mole. O caboclo virando-os, revirando-os nas mãos encoscoradas[11], sentia-lhes os ossos frágeis, e os animais debatiam-se movendo o coto das asas, esticavam o pescoço, piavam.

Rilhando os dentes, foi-os espremendo, esmagando — os ossos tenros estalavam como gravetos, o sangue espirrou, escorreu-lhe por entre os grossos dedos, pelos punhos.

Em ímpeto de fúria arremessou-os ao chão, eles bateram fofos como frutos podres que se esborrachassem e o caboclo espezinhou-os com rugidos surdos. Os pais arrulhavam aflitos na palha da cabana, indo e vindo.

Joana, abraçada ao filho, soluçava quando Tibúrcio entrou no quarto. Quedou diante do catre, a olhar. Subitamente a mulher estremeceu e, levantando-se de salto, agarrou o braço do marido, os olhos muito abertos, a boca em hiato, a cabeça inclinada como a ouvir vozes, rumores longínquos.

— Que é, Joana? Que é qu'ocê tem?

Ela murmurou apavorada:

— Os pombos, meu velho. Ocê não 'tá ouvindo?

10. Horrendo, muito feio; 11. Enrugada.

Eram os arrulhos tristes que vinham de cima da casa.

— Estão voltando. Quem sabe?! Ele ainda está quente...

E havia uma esperança imensa no coração dolorido da cabocla. Tibúrcio encolheu os ombros:

— É choro deles. Estão chorando como nós. É um casal que ficou por causa dos filhos. Eu derrubei o pombal, matei os borrachos. Olha — e mostrou as mãos ensanguentadas. Eles voaram, estão em cima da casa. Você quer ver?

Foi saindo; ela acompanhou-o. Desceram ao terreiro. Tibúrcio mostrou o pombal tombado, depois apanhou os esmagados corpos dos borrachos.

— Olha aqui...

Joana olhava sem dizer palavra. Cessara de chorar, espantada, mirando o marido cujos olhos acesos fulguravam. Ele derreou o busto e atirou o primeiro borracho ao sapé, rugindo: "É bom?!"; atirou o segundo: "É bom?!" Os pombos abalaram espavoridos, perderam-se nas galhadas negras. "É bom?!" Joana não tirava os olhos do marido, muda, aterrada, vendo-o chorar aos arrancos, a olhar as mãos espalmadas, tintas de sangue.

— Vamos, meu velho. Foi a vontade de Deus. Está no céu.

E vagarosamente o foi levando.

Entraram e, diante do catre em que jazia o filho morto, as lágrimas romperam dos olhos de ambos e sobre o teto da palhoça os pombos, que haviam tornado, arrulhavam doridamente.

(In *Mar de histórias: antologia do conto mundial*. v. 8. Rio de Janeiro, Nova Fronteira, 1986.)

VALDOMIRO SILVEIRA

Esperando

A Maruca trepou ao lugar mais alto daquela pedra e pôs-se a olhar o rio. O rio estava repontado[1] de uma vez e corria quase em silêncio: tinham-se-lhe encoberto as rochas das corredeiras, por sob as águas da última chuvarada. Um martim-pescador, sentado no guatambu[2] da ribanceira, olhava para o largo, tocaiando os peixes. E o vulto do martim-pescador, fazendo sombra no rio, depois da sombra da Maruca, tinha jeito de lhe estar de pé na cabeça.

Padece, que sofre,
quem ama desencontrado,
é 'toa lidar...

A Maruca esperava uma canoa que havia de subir naquela horinha. Naquela horinha? Mas já

1. Cheio, alto (falando-se das águas de um rio); 2. Nome de uma árvore de cuja madeira se fazem cercas, cabos de enxada etc.

fazia muitas horas que ela esperava. Paciência dela! Vontade de ver a canoa; desejo de ver quem vinha dentro da canoa; saudades do seu bem! Caía a tarde, num sossego e numa paz de sítio largado. Quando ao cabo dum dia quente e cheio de rumores, como foi esse, há calma tão completa assim, logo se pensa que a morte anda rondando as vizinhanças... Morreu alguém, morreu alguma coisa por aí fora... Foi a esperança da Maruca...

Se não morreu ainda, está por um quase. O Lico saiu desde cedo, passou por perto dela, fez certos amuos[3] de pouca conversa. Que poderia ser, Nossa Senhora dos Aflitos? Ela era tão do Lico, tão fiel, tão cativa, que teria então acontecido? O Lico, ao perpassar no porto, falou-lhe palavras que ela não entendeu direito. Ouviu direito só o final. O final era uma espécie de adeus. Dizer adeus para quê? Ele navegava sempre por essas estradas, ia e vinha, mas não dizia nunca adeus esquisito assim...

> Caminha, que eu ando,
> vira a cara pruma banda,
> pra não olhar...

O Lico, nem bem acabou de dar aquele adeus, voltou-se para o outro lado e já não olhou para trás. Mas isso não era seu costume: quando saía, fosse por terra ou por água, parava muitas vezes para olhá-la. Na estrada, fazia o animal virar nos pés; no rio, poitava[4] a canoa um pouco. Agora, não fez nada disso: a canoa foi rodando com uma pressa de

---

3. Gesto de enfado, de mau humor; 4. Fazer a canoa parar no meio do rio.

espantar. Era cada varejoada[5], que até o timburi[6] gemia, cortando pelos canais.

Que história então era essa? Pois o Lico então não vinha? E a noite caiu de repente. Que noite, Deus do céu! — tão escura e tão quieta! Ainda se a Maruca tivesse certeza de que ele vinha, não era nada! Mas quem foi que perdeu certeza, para a coitada achar? O rio principiava a marulhar macio, mas macio que nem veludo espremido. Uma estrelinha, muito pequenina, e que tinha jeito de muito fria, rompeu na direção do Piraju. Tudo mais dava a impressão de não ter vida.

A Maruca, em voz abafada, cantava a moda do catira[7]. Estava pensando, lá entre si, que lida à toa, à toa, quem ama desencontrado! Aquilo era um desencontro. Podia haver no mundo maior desencontro de que esse, de o Lico ter descido o rio sem explicar para onde ia e quando estaria de volta? E um que sabe que é tão querido, como ele sabia, não peca maiormente, cometendo tão feia falta?

Borbulhou outra luz de estrela, no rumo do Lageado; surgiu outra sobre o rio; com pouco, uma porção delas começou a brilhar. Já o céu ficou também mais claro. Uma coruja deu de piar junto à pedra onde a Maruca parava. Outra coruja respondeu ali de perto, e pegaram a brincar de modo tão extravagante que cada pio que davam parecia uma gargalhada e cada gargalhada um gemido. Relaram afinal as tranças da Maruca, mas a Maruca não deu fé, porque estava olhando o reflexo dum

5. Pancada ou impulso dados com o varejão; 6. Árvore de cujo tronco se fazem remos, gamelas etc; 7. Cateretê (espécie de dança).

candeeiro que se espichava na água. O rio quase chorava, porque ia baixando.

E nada de o Lico voltar! Ela sentiu um nó na garganta, a modo que o coração lhe adivinhava qualquer sofrimento muito doído. Um curimbatá[8] plancheou[9] rentinho com a raiz da pedra. Uma lontra pulou para o cerne[10] que saía da margem, com o peixe nos dentes, e o corpo do curimbatá rebuliçava[11], prateando o sombrio do bicho e do cerne. A Maruca não via coisa nenhuma, senão muito longe.

Via o quê? Via coisas que já tinham passado na lonjura do tempo, abraços e beijos, apertos de mão. Ouvia juramentos de amizade para toda a vida, trovas de amor, modinhas doloridas, tudo falado ou cantado por aquele que desceu o rio. O rio agora soluçava, esfrangalhando-se[12] nas corredeiras: vazara[13] duma vez. A Maruca não teve outro remédio senão soluçar também, muito mais angustiada que o rio — nem se fale! — porque as dores que tinha eram dores do fundo do coração.

Foi nesse triste momento que nhá Rosa apareceu à porta da cozinha e gritou à filha:

— Ó Maruca! Isto são horas de você 'tar banzando[14] na veira[15] d'água?

E quando a Maruca chegou à porta da cozinha, falou-lhe nhá Rosa com toda a amargura e toda a dureza da verdade:

— Parece que 'ocê 'tá esperando seu Lico? É tempo perdido! Olhe que foi pro Salto, do Salto vai pra barra do Tubagi, da barra do Tubagi vai, de

8. Certo tipo de peixe; 9. Cair de lado; 10. Parte de um tronco submerso que aparece à flor da água; 11. Agitar-se, mexer-se; 12. Dilacerar-se; 13. Baixar (falando-se do volume das águas do rio); 14. Ficar pensativo; 15. Beira.

certo, pro inferno! Vai pro inferno, não hai dúvida, que aquele desgraçado veio de lá só pra tentar a minha filha!

Daí, depois do que a mãe lhe contou, acabado entre prantos, a Maruca só escutava, no meio dos seus desatinos, o eco e o rumor que o costume de cantar a moda lhe fizera nos ouvidos:

Padece, que sofre,
quem ama desencontrado,
é 'toa lidar!
Caminho, que eu ando,
vira a cara pruma banda,
pra não olhar...

(In *Os caboclos*. 4. ed. Rio de Janeiro, Civilização Brasileira; Brasília, INL, 1975.)

LIMA BARRETO

A nova Califórnia

I

Ninguém sabia donde viera aquele homem. O agente do correio pudera apenas informar que acudia ao nome de Raimundo Flamel, pois assim era subscrita a correspondência que recebia. E era grande. Quase diariamente, o carteiro lá ia a um dos extremos da cidade, onde morava o desconhecido, sopesando um maço alentado de cartas vindas do mundo inteiro, grossas revistas em línguas arrevesadas, livros, pacotes...

Quando Fabrício, o pedreiro, voltou de um serviço em casa do novo habitante, todos na venda perguntaram-lhe que trabalho lhe tinha sido determinado.

— Vou fazer um forno — disse o preto — na sala de jantar.

Imaginem o espanto da pequena cidade de Tubiacanga, ao saber de tão extravagante construção: um forno na sala de jantar! E, pelos dias seguintes, Fabrício pôde contar que vira balões de vidros, facas sem corte, copos como os da farmácia — um rol de coisas esquisitas a se mostrarem pelas mesas e prateleiras como utensílios de uma bateria de cozinha em que o próprio diabo cozinhasse.

O alarme se fez na vila. Para uns, os mais adiantados, era um fabricante de moeda falsa; para outros, os crentes e simples, um tipo que tinha parte com o tinhoso.

Chico da Tirana, o carreiro, quando passava em frente da casa do homem misterioso, ao lado do carro a chiar, e olhava a chaminé da sala de jantar a fumegar, não deixava de persignar-se e rezar um "credo" em voz baixa; e, não fora a intervenção do farmacêutico, o subdelegado teria ido dar um cerco à casa daquele indivíduo suspeito, que inquietava a imaginação de toda uma população.

Tomando em consideração as informações de Fabrício, o boticário Bastos concluíra que o desconhecido devia ser um sábio, um grande químico, refugiado ali para mais sossegadamente levar avante os seus trabalhos científicos.

Homem formado e respeitado na cidade, vereador, médico também, porque o doutor Jerônimo não gostava de receitar e se fizera sócio da farmácia para mais em paz viver, a opinião de Bastos levou tranquilidade a todas as consciências e fez com que a população cercasse de uma silenciosa admiração a pessoa do grande químico, que viera habitar a cidade.

De tarde, se o viam a passear pela margem do Tubiacanga, sentando-se aqui e ali, olhando perdidamente as águas claras do riacho, cismando diante da penetrante melancolia do crepúsculo, todos se descobriam e não era raro que às "boas-noites" acrescentassem "doutor". E tocava muito o coração daquela gente a profunda simpatia com que ele tratava as crianças, a maneira pela qual as contemplava, parecendo apiedar-se de que elas tivessem nascido para sofrer e morrer.

Na verdade, era de ver-se, sob a doçura suave da tarde, a bondade de Messias com que ele afagava aquelas crianças pretas, tão lisas de pele e tão tristes de modos, mergulhadas no seu cativeiro moral, e também as brancas, de pele baça, gretada e áspera, vivendo amparadas na necessária caquexia[1] dos trópicos.

Por vezes, vinha-lhe vontade de pensar qual a razão de ter Bernardin de Saint-Pierre[2] gasto toda a sua ternura com Paulo e Virgínia e esquecer-se dos escravos que os cercavam...

Em poucos dias a admiração pelo sábio era quase geral, e não o era unicamente porque havia alguém que não tinha em grande conta os méritos do novo habitante.

Capitão Pelino, mestre-escola e redator da *Gazeta de Tubiacanga*, órgão local e filiado ao

---

1. Estado de desnutrição profunda; 2. Bernardin de Saint-Pierre (1737-1814): escritor francês, autor do romance sentimental Paulo e Virgínia.

partido situacionista, embirrava com o sábio. "Vocês hão de ver", dizia ele, "quem é esse tipo... Um caloteiro, um aventureiro ou talvez um ladrão fugido do Rio."

A sua opinião em nada se baseava ou, antes, baseava-se no seu oculto despeito vendo na terra um rival para a fama de sábio de que gozava. Não que Pelino fosse químico, longe disso; mas era sábio, era gramático. Ninguém escrevia em Tubiacanga que não levasse bordoada do Capitão Pelino, e mesmo quando se falava em algum homem notável lá no Rio, ele não deixava de dizer: "Não há dúvida! O homem tem talento, mas escreve: 'um outro', 'de resto'..." E contraía os lábios como se tivesse engolido alguma coisa amarga.

Toda a vila de Tubiacanga acostumou-se a respeitar o solene Pelino, que corrigia e emendava as maiores glórias nacionais. Um sábio...

Ao entardecer, depois de ler um pouco o Sotero, o Cândido de Figueiredo ou o Castro Lopes[3] e de ter passado mais uma vez a tintura nos cabelos, o velho mestre-escola saía vagarosamente de casa, muito abotoado no seu paletó de brim mineiro, e encaminhava-se para a botica do Bastos a dar dois dedos de prosa. Conversar é um modo de dizer, porque era Pelino avaro de palavras, limitando-se tão somente a ouvir. Quando, porém, dos lábios de alguém escapava a menor incorreção de linguagem, intervinha e emendava. "Eu asseguro — dizia o agente do Correio — que..." Por aí, o mestre--escola intervinha com mansuetude[4] evangélica:

---

3. Nomes de famosos gramáticos da época; 4. Mansidão.

"Não diga 'asseguro' senhor Bernardes; em português é 'garanto'".

E a conversa continuava depois da emenda, para ser de novo interrompida por uma outra. Por essas e outras, houve muitos palestradores que se afastaram, mas Pelino, indiferente, seguro dos seus deveres, continuava o seu apostolado de vernaculismo. A chegada do sábio veio distraí-lo um pouco da sua missão. Todo o seu esforço voltava-se agora para combater aquele rival, que surgia tão inopinadamente.

Foram vãs as suas palavras e a sua eloquência: não só Raimundo Flamel pagava em dia as suas contas, como era generoso — pai da pobreza — e o farmacêutico vira numa revista de específicos seu nome citado como químico de valor.

II

Havia já anos que o químico vivia em Tubiacanga, quando, uma bela manhã, Bastos o viu entrar pela botica adentro. O prazer do farmacêutico foi imenso. O sábio não se dignara até aí visitar fosse quem fosse, e, certo dia, quando o sacristão Orestes ousou penetrar em sua casa, pedindo-lhe uma esmola para a futura festa de Nossa Senhora da Conceição, foi com visível enfado que ele o recebeu e atendeu.

Vendo-o, Bastos saiu de trás do balcão, correu a recebê-lo com a mais perfeita demonstração de quem sabia com quem tratava e foi quase em uma exclamação que disse:

— Doutor, seja bem-vindo.

O sábio pareceu não se surpreender nem com a demonstração de respeito do farmacêutico, nem com o tratamento universitário. Docemente olhou um instante a armação cheia de medicamentos e respondeu:

— Desejava falar-lhe em particular, senhor Bastos.

O espanto do farmacêutico foi grande. Em que poderia ele ser útil ao homem cujo nome corria mundo e de quem os jornais falavam com tão acendrado respeito? Seria dinheiro? Talvez... Um atraso no pagamento das rendas, quem sabe? E foi conduzindo o químico para o interior da casa, sob o olhar espantado do aprendiz, que, por um momento, deixou a "mão" descansar no gral, onde macerava uma tisana qualquer.

Por fim, achou aos fundos, bem no fundo, o quartinho que lhe servia para exames médicos mais detidos ou para as pequenas operações, porque Bastos também operava. Sentaram-se e Flamel não tardou a expor:

— Como o senhor deve saber, dedico-me à química, tenho mesmo um nome respeitado no mundo sábio...

— Sei perfeitamente, doutor, mesmo tenho disso informado, aqui, aos meus amigos.

— Obrigado. Pois bem: fiz uma grande descoberta, extraordinária...

Envergonhado com o seu entusiasmo, o sábio fez uma pausa e depois continuou:

— Uma descoberta... Mas não me convém, por ora, comunicar ao mundo sábio, compreende?

— Perfeitamente.

— Por isso precisava de três pessoas conceituadas que fossem testemunhas de uma experiência dela e me dessem um atestado em forma, para resguardar a prioridade da minha invenção... O senhor sabe: há acontecimentos imprevistos e...

— Certamente! Não há dúvida!

— Imagine o senhor que se trata de fazer ouro...

— Como? O quê? — fez Bastos arregalando os olhos.

— Sim! Ouro! — disse com firmeza Flamel.

— Como?

— O senhor saberá — disse o químico secamente. — A questão do momento são as pessoas que devem assistir à experiência, não acha?

— Com certeza, é preciso que os seus direitos fiquem resguardados, porquanto...

— Uma delas — interrompeu o sábio — é o senhor; as outras duas o senhor Bastos fará o favor de indicar-me.

O boticário esteve um instante a pensar, passando em revista os seus conhecimentos e, ao fim de uns três minutos, perguntou:

— O coronel Bentes lhe serve? Conhece?

— Não. O senhor sabe que não me dou com ninguém aqui.

— Posso garantir-lhe que é homem sério, rico e muito discreto.

— É religioso? Faço-lhe esta pergunta — acrescentou Flamel logo — porque temos que lidar com ossos de defunto e só estes servem...

— Qual! É quase ateu...

— Bem! Aceito. E o outro?

Bastos voltou a pensar e dessa vez demorou-se um pouco mais consultando a sua memória... Por fim falou:

— Será o tenente Carvalhais, o coletor, conhece?

— Como já lhe disse...

— É verdade. É homem de confiança, sério, mas...

— Que é que tem?

— É maçom.

— Melhor.

— E quando é?

— Domingo. Domingo, os três irão lá em casa assistir à experiência e espero que não me recusarão as suas firmas para autenticar a minha descoberta.

— Está tratado.

Domingo, conforme prometeram, as três pessoas respeitáveis de Tubiacanga foram à casa de Flamel e, dias depois, misteriosamente, ele desaparecia sem deixar vestígio ou explicação para o seu desaparecimento.

III

Tubiacanga era uma pequena cidade de três ou quatro mil habitantes, muito pacífica, em cuja estação, de onde em onde, os expressos davam a honra de parar. Há cinco anos não se registrava nela um furto ou roubo. As portas e janelas só eram usadas... porque o Rio as usava.

O último crime notado em seu pobre cadastro fora um assassinato por ocasião das eleições municipais; mas, atendendo que o assassino era do partido do governo, e a vítima da oposição, o acontecimento em nada alterou os hábitos da cidade, continuando ela a exportar o seu café e a mirar as suas casas baixas e acanhadas nas escassas águas do pequeno rio que a batizara.

Mas qual não foi a surpresa dos seus habitantes quando se veio a verificar nela um dos mais repugnantes crimes de que se tem memória! Não se tratava de um esquartejamento ou parricídio; não era o assassinato de uma família inteira ou um assalto à coletoria; era coisa pior, sacrílega aos olhos de todas as religiões e consciências: violavam-se as sepulturas do "Sossego", do seu cemitério, do seu campo-santo.

Em começo, o coveiro julgou que fossem cães, mas, revistando bem o muro, não encontrou senão pequenos buracos. Fechou-os; foi inútil. No dia seguinte, um jazigo perpétuo arrombado e os ossos saqueados; no outro, um carneiro[5] e uma sepultura rasa. Era gente ou demônio. O coveiro não quis

5. Urna para sepultamento.

mais continuar as pesquisas por sua conta, foi ao subdelegado e a notícia espalhou-se pela cidade.

A indignação na cidade tomou todas as feições e todas as vontades. A religião da morte precede todas e certamente será a última a morrer nas consciências. Contra a profanação, clamaram os seis presbiterianos do lugar — os bíblias, como lhes chama o povo; clamava o agrimensor Nicolau, antigo cadete, e positivista do rito Teixeira Mendes; clamava o Major Camanho, presidente da Loja Nova Esperança; clamavam o turco Miguel Abudala, negociante de armarinho; e o céptico Belmiro, antigo estudante, que vivia ao deus-dará, bebericando parati nas tavernas. A própria filha do engenheiro residente da estrada de ferro, que vivia desdenhando aquele lugarejo, sem notar sequer os suspiros dos apaixonados locais, sempre esperando que o expresso trouxesse um príncipe a desposá-la — a linda e desdenhosa Cora não pôde deixar de compartilhar da indignação e do horror que tal ato provocara em todos do lugarejo. Que tinha ela com o túmulo de antigos escravos e humildes roceiros? Em que podia interessar aos seus lindos olhos pardos o destino de tão humildes ossos? Porventura o furto deles perturbaria o seu sonho de fazer radiar a beleza de sua boca, dos seus olhos e do seu busto nas calçadas do Rio?

Decerto, não; mas era a morte, a morte implacável e onipotente, de quem ela também se sentia escrava, e que não deixaria um dia de levar a sua linda caveirinha para a paz eterna do cemitério.

Aí Cora queria os seus ossos sossegados, quietos e comodamente descansando num caixão benfeito e num túmulo seguro, depois de ter sido a sua carne encanto e prazer dos vermes...

O mais indignado, porém, era Pelino. O professor deitara artigo de fundo, imprecando, bramindo, gritando: "Na história do crime", dizia ele, "já bastante rica de fatos repugnantes, como sejam: o esquartejamento de Maria de Macedo, o estrangulamento dos irmãos Fuoco, não se registra um que o seja tanto como o saque às sepulturas do 'Sossego'".

E a vila vivia em sobressalto. Nas faces não se lia mais paz; os negócios estavam paralisados; os namoros suspensos. Dias e dias por sobre as casas pairavam nuvens negras e, à noite, todos ouviam ruídos, gemidos, barulhos sobrenaturais... Parecia que os mortos pediam vingança...

O saque, porém, continuava. Toda noite eram duas, três sepulturas abertas e esvaziadas de seu fúnebre conteúdo. Toda a população resolveu ir em massa guardar os ossos dos seus maiores[6]. Foram cedo, mas, em breve, cedendo à fadiga e ao sono, retirou-se um, depois outro e, pela madrugada, já não havia nenhum vigilante. Ainda nesse dia o coveiro verificou que duas sepulturas tinham sido abertas e os ossos levados para destino misterioso.

Organizaram então uma guarda. Dez homens decididos juraram perante o subdelegado vigiar durante a noite a mansão dos mortos.

6. Antepassados.

Nada houve de anormal na primeira noite, na segunda e na terceira; mas, na quarta, quando os vigias já se dispunham a cochilar, um deles julgou lobrigar um vulto esgueirando-se por entre a quadra dos carneiros. Correram e conseguiram apanhar dois dos vampiros. A raiva e a indignação até aí sopitadas no ânimo deles não se contiveram mais e deram tanta bordoada nos macabros ladrões, que os deixaram estendidos como mortos.

A notícia correu logo de casa em casa e quando, de manhã, se tratou de estabelecer a identidade dos dois malfeitores, foi diante da população inteira que foram neles reconhecidos o coletor Carvalhais e o coronel Bentes, rico fazendeiro e presidente da Câmara. Este último ainda vivia e, a perguntas repetidas que lhe fizeram, pôde dizer que juntava os ossos para fazer ouro e o companheiro que fugira era o farmacêutico.

Houve espanto e houve esperanças. Como fazer ouro com ossos? Seria possível? Mas aquele homem rico, respeitado, como desceria ao papel de ladrão de mortos se a coisa não fosse verdade!

Se fosse possível fazer, se daqueles míseros despojos fúnebres se pudesse fazer alguns contos de réis, como não seria bom para todos eles!

O carteiro, cujo velho sonho era a formatura do filho, viu logo ali meios de consegui-la. Castrioto, o escrivão do juiz de paz, que o ano passado conseguiu comprar uma casa, mas ainda não a pudera cercar, pensou no muro, que lhe devia proteger a horta e a criação. Pelos olhos do sitiante Marques, que andava desde anos atrapalhado para arranjar um pasto, passou logo o prado verde do Costa, onde os seus bois engordariam e ganhariam forças...

As necessidades de cada um, aqueles ossos que eram ouro viriam atender, satisfazer e felicitá-los; e aqueles dois ou três milhares de pessoas, homens, crianças, mulheres, moços e velhos, como se fossem uma só pessoa, correram à casa do farmacêutico.

A custo, o subdelegado pôde impedir que varejassem a botica e conseguir que ficassem na praça à espera do homem, que tinha o segredo de todo um Potosí[7]. Ele não tardou a aparecer. Trepado a uma cadeira, tendo na mão uma pequena barra de ouro que reluzia ao forte sol da manhã, Bastos pediu graça, prometendo que ensinaria o segredo se lhe poupassem a vida. "Queremos já sabê-lo", gritaram. Ele então explicou que era preciso redigir a receita, indicar a marcha do processo, os reativos — trabalho longo que só poderia ser entregue impresso no dia seguinte. Houve um murmúrio, alguns chegaram a gritar, mas o subdelegado falou e responsabilizou-se pelo resultado.

Docilmente, com aquela doçura particular às multidões furiosas, cada qual se encaminhou para casa, tendo na cabeça um único pensamento: arranjar imediatamente a maior porção de ossos de defunto que pudesse.

O sucesso chegou à casa do engenheiro residente da estrada de ferro. Ao jantar, não se falou em outra coisa. O doutor concatenou o que ainda

---

7. Cidade boliviana onde antigamente havia minas de prata. Seu nome tornou-se sinônimo de tesouro.

sabia do seu curso e afirmou que era impossível. Isso era alquimia, coisa morta: ouro é ouro, corpo simples, e osso é osso, um composto, fosfato de cal. Pensar que se podia fazer de uma coisa outra era "besteira". Cora aproveitou o caso para rir-se petropolimente[8] da crueldade daqueles botocudos, mas sua mãe, Dona Emília, tinha fé que a coisa era possível.

À noite, porém, o doutor, percebendo que a mulher dormia, saltou a janela e correu em direitura ao cemitério; Cora, de pés nus, com as chinelas nas mãos, procurou a criada para irem juntas à colheita de ossos. Não a encontrou, foi sozinha; e Dona Emília, vendo-se só, adivinhou o passeio e lá foi também. E assim aconteceu na cidade inteira. O pai, sem dizer nada ao filho, saía; a mulher, julgando enganar o marido, saía; os filhos, as filhas, os criados — toda a população, sob a luz das estrelas assombradas, correu ao satânico *rendez-vous* no "Sossego". E ninguém faltou. O mais rico e o mais pobre lá estavam. Era o turco Miguel, era o professor Pelino, o doutor Jerônimo, o major Camanho, Cora, a linda e a deslumbrante Cora, com os seus lindos dedos de alabastro, revolvia a sânie[9] das sepulturas, arrancava as carnes ainda podres agarradas tenazmente aos ossos e deles enchia o seu regaço até ali inútil. Era o dote que colhia e as suas narinas, que se abriam em asas rosadas e quase transparentes, não sentiam o fétido dos tecidos apodrecidos em lama fedorenta...

---

8. Neologismo que é uma referência irônica à Petrópolis, cidade de veraneio da classe alta carioca; 9. Podridão.

A desinteligência não tardou a surgir; os mortos eram poucos e não bastavam para satisfazer a fome dos vivos. Houve facadas, tiros, cachações[10]. Pelino esfaqueou o turco por causa de um fêmur e mesmo entre as famílias questões surgiram. Unicamente, o carteiro e o filho não brigaram. Andaram juntos e de acordo e houve uma vez que o pequeno, uma esperta criança de onze anos, até aconselhou ao pai: "Papai, vamos onde está mamãe; ela era tão gorda..."

De manhã, o cemitério tinha mais mortos do que aqueles que recebera em trinta anos de existência. Uma única pessoa lá não estivera, não matara nem profanara sepulturas: fora o bêbedo Belmiro.

Entrando numa venda, meio aberta, e nela não encontrando ninguém, enchera uma garrafa de parati e se deixara ficar a beber sentado na margem do Tubiacanga, vendo escorrer mansamente as suas águas sobre o áspero leito de granito — ambos, ele e o rio, indiferentes ao que já viram, ao que viam, mesmo à fuga do farmacêutico, com o seu Potosí e o seu segredo, sob o dossel eterno das estrelas.

(In *Os melhores contos de Lima Barreto*. São Paulo, Global, 1986.)

10. Pancadaria.

ANTÓNIO DE ALCÂNTARA MACHADO

Gaetaninho

— Xi, Gaetaninho, como é bom!

Gaetaninho ficou banzando bem no meio da rua. O Ford quase o derrubou e ele não viu o Ford. O carroceiro disse um palavrão e ele não ouviu o palavrão.

— Eh! Gaetaninho! Vem pra dentro.

Grito materno sim: até filho surdo escuta. Virou o rosto tão feio de sardento, viu a mãe e viu o chinelo.

— *Subito!*[1]

Foi-se chegando devagarinho, devagarinho. Fazendo beicinho. Estudando o terreno. Diante da mãe e do chinelo parou. Balançou o corpo. Recurso de campeão de futebol. Fingiu tomar a direita. Mas deu meia-volta instantânea e varou pela esquerda porta adentro.

1. Em italiano: imediatamente, já.

Eta salame[2] de mestre!

Ali na Rua do Oriente[3] a ralé[4] quando muito andava de bonde. De automóvel ou carro só mesmo em dia de enterro. De enterro ou de casamento. Por isso mesmo o sonho de Gaetaninho era de realização muito difícil. Um sonho.

O Beppino, por exemplo. O Beppino naquela tarde atravessara de carro a cidade. Mas como? Atrás da tia Peronetta, que se mudava para o Araçá[5]. Assim também não era vantagem.

Mas se era o único meio? Paciência.

Gaetaninho enfiou a cabeça embaixo do travesseiro.

Que beleza, rapaz! Na frente quatro cavalos pretos empenachados levavam a tia Filomena para o cemitério. Depois o padre. Depois o Savério, noivo dela, de lenço nos olhos. Depois ele. Na boleia do carro. Ao lado do cocheiro. Com a roupa marinheira e o gorro branco onde se lia: Encouraçado São Paulo. Não. Ficava mais bonito de roupa marinheira mas com a palhetinha nova que o irmão lhe trouxera da fábrica. E ligas pretas segurando as meias. Que beleza, rapaz! Dentro do carro o pai, os dois irmãos mais velhos (um de gravata vermelha, outro de gravata verde), e o padrinho seu Salomone. Muita gente nas calçadas, nas portas e nas janelas dos palacetes, vendo o enterro. Sobretudo admirando o Gaetaninho.

---

2. Gíria de futebol da época; significa "drible"; 3. Rua do Brás, um dos bairros paulistanos onde vivia grande número de italianos; 4. Classe pobre; 5. Um dos cemitérios da cidade de São Paulo.

Mas Gaetaninho ainda não estava satisfeito. Queria ir carregando o chicote. O desgraçado do cocheiro não queria deixar. Nem por um instantinho só.

Gaetaninho ia berrar, mas a tia Filomena com a mania de cantar o *Ahi, Mari*! todas as manhãs o acordou.

Primeiro ficou desapontado. Depois quase chorou de ódio.

Tia Filomena teve um ataque de nervos quando soube do sonho de Gaetaninho. Tão forte que ele sentiu remorsos. E, para sossego da família alarmada com o agouro, tratou logo de substituir a tia por outra pessoa numa nova versão de seu sonho. Matutou, matutou e escolheu o acendedor da Companhia de Gás, seu Rubino, que uma vez lhe deu um cocre danado de doído.

Os irmãos (esses) quando souberam da história resolveram arriscar de sociedade quinhentão no elefante[6]. Deu a vaca. E eles ficaram loucos de raiva por não haverem logo adivinhado que não podia deixar de dar a vaca mesmo.

O jogo na calçada parecia de vida ou morte. Muito embora Gaetaninho não estava ligando.

— Você conhecia o pai do Afonso, Beppino?

— Meu pai deu uma vez na cara dele.

— Então você não vai amanhã no enterro. Eu vou!

O Vicente protestou indignado:

6. Referência ao jogo do bicho.

— Assim não jogo mais! O Gaetaninho está atrapalhando!

Gaetaninho voltou para o seu posto de guardião. Tão cheio de responsabilidades.

O Nino veio correndo com a bolinha de meia. Chegou bem perto. Com o tronco arqueado, as pernas dobradas, os braços estendidos, as mãos abertas, Gaetaninho ficou pronto para a defesa.

— Passa pro Beppino!

Beppino deu dois passos e meteu o pé na bola. Com todo o muque[7]. Ela cobriu o guardião sardento e foi parar no meio da rua.

— Vá dar tiro no inferno!

— Cala a boca, palestrino[8]!

— Traga a bola!

Gaetaninho saiu correndo. Antes de alcançar a bola um bonde o pegou. Pegou e matou.

No bonde vinha o pai do Gaetaninho.

A gurizada assustada espalhou a notícia na noite.

— Sabe o Gaetaninho?

— Que é que tem?

— Amassou o bonde!

A vizinhança limpou com benzina suas roupas domingueiras.

Às dezesseis horas do dia seguinte saiu um enterro da Rua do Oriente e Gaetaninho não ia na boleia de nenhum dos carros do acompanhamento. Ia no da frente dentro de um caixão fechado com

7. Com muita força; 8. Torcedor do Palestra Itália, hoje Palmeiras.

flores pobres por cima. Vestia a roupa marinheira, tinha as ligas, mas não levava a palhetinha.

Quem na boleia de um dos carros do cortejo-mirim exibia soberbo terno vermelho que feria a vista da gente era o Beppino.

(In *Trechos escolhidos*.
Rio de Janeiro, Agir, 1961.)

BERNARDO ÉLIS

Nhola dos Anjos e a cheia do Corumbá

— Fio, fais um zoio de boi lá fora pra nóis.

O menino saiu do rancho com um baixeiro[1] na cabeça, e no terreiro, debaixo da chuva miúda e continuada, enfincou o calcanhar na lama, rodou sobre ele o pé, riscando com o dedão uma circunferência no chão mole — outra e mais outra. Três círculos entrelaçados, cujos centros formavam um triângulo equilátero.

Isso era simpatia para fazer estiar. E o menino voltou:

— Pronto, vó.

— O rio já encheu mais? — perguntou ela.

— Chi, tá um mar d'água! Qué vê, espia — e apontou com o dedo para fora do rancho. A velha

1. Manta grossa que se põe por baixo da sela.

foi até a porta e lançou a vista. Para todo lado havia água. Somente para o sul, para a várzea, é que estava mais enxuto, pois o braço do rio aí era pequeno. A velha voltou para dentro, arrastando--se pelo chão, feito um cachorro, cadela, aliás: era entrevada. Havia vinte anos apanhara um "ar de estupor"[2] e desde então nunca mais se valera das pernas, que murcharam e se estorceram.

Começou a escurecer nevroticamente. Uma noite que vinha vagarosamente, irremediavelmente, como o progresso de uma doença fatal.

O Quelemente[3], filho da velha, entrou. Estava ensopadinho da silva. Dependurou numa forquilha a caroça[4] — que é a maneira mais analfabeta de se esconder da chuva —, tirou a camisa molhada do corpo e se agachou na beira da fornalha.

— Mãe, o vau tá que tá sumino a gente. Este ano mesmo, se Deus ajudá, nóis se muda.

Onde ele se agachou, estava agora uma lagoa, da água escorrida da calça de algodão grosso.

A velha trouxe-lhe um prato de folha e ele começou a tirar, com a colher de pau, o feijão quente da panela de barro. Era um feijão brancacento, cascudo, cozido sem gordura. Derrubou farinha de mandioca em cima, mexeu e pôs-se a fazer grandes capitães[5] com a mão, com que entrouxava a bocarra.

Agora a gente só ouvia o ronco do rio lá embaixo — ronco confuso, rouco, ora mais forte, ora mais fraco, como se fosse um zum-zum subterrâneo.

A calça de algodão cru do roceiro fumegava ante o calor da fornalha, como se pegasse fogo.

---

2. Ar de estupor: paralisia súbita; 3. Pronúncia popular do nome Clemente; 4. Capa de palha; 5. Porção de comida amassada com farinha, entre os dedos, à moda de bolinho e levada à boca com a mão.

Já tinha pra mais de oitenta anos que os dos Anjos moravam ali na foz do Capivari, no Corumbá. O rancho se erguia num morrote a cavaleiro de terrenos baixos e paludosos. A casa ficava num triângulo, de que dois lados eram formados por rios, e o terceiro, por uma vargem de buritis. Nos tempos de cheias os habitantes ficavam ilhados, mas a passagem da várzea era rasa e podia-se vadear perfeitamente.

No tempo da guerra do Lopes[6], ou antes ainda, o avô de Quelemente veio de Minas e montou ali sua fazenda de gado, pois a formação geográfica construíra um excelente apartador. O gado, porém, quando o velho morreu, já estava quase extinto pelas ervas daninhas. Daí para cá foi a decadência. No lugar da casa de telhas, que ruiu, ergueram um rancho de palhas. A erva se incumbiu de arrasar o resto do gado e as febres as pessoas.

"Este ano, se Deus ajudá, nóis se muda." Há quarenta anos a velha Nhola vinha ouvindo aquela conversa fiada. A princípio fora seu marido: "Nóis precisa de mudá, pruquê senão a água leva nóis". Ele morreu de maleita e os outros continuaram no lugar. Depois era o filho que falava assim, mas nunca se mudara. Casara-se ali: tivera um filho; a mulher dele, nora de Nhola, morreu de maleita. E ainda continuaram no mesmo lugar a velha Nhola, o filho Quelemente e o neto, um biruzinho[7] sempre perrengado[8].

A chuva caía meticulosamente, sem pressa de cessar. A palha do rancho porejava água, fedia a podre, derrubando dentro da casa uma infinidade

---

6. Guerra do Lopes: referência à Guerra do Paraguai (1865-1870). Solano Lopes era o chefe militar paraguaio; 7. Criança com amarelão; 8. Adoentado.

de bichos que a sua podridão gerava. Ratos, sapos, baratas, grilos, aranhas — o diabo refugiava-se ali dentro, fugindo à inundação, que aos poucos ia galgando a perambeira do morrote.

Quelemente saiu ao terreiro e olhou a noite. Não havia céu, não havia horizonte — era aquela coisa confusa, translúcida e pegajosa. Clareava as trevas o branco leitoso das águas que cercavam o rancho. Ali pras bandas da vargem é que ainda se divisava o vulto negro e malrecortado do mato. Nem uma estrela. Nem um pirilampo. Nem um relâmpago. A noite era feito um grande cadáver, de olhos abertos e embaciados. Os gritos friorentos das marrecas povoavam de terror o ronco medonho da cheia.

No canto escuro do quarto, o pito da velha Nhola acendia-se e apagava-se sinistramente, alumiando seu rosto macilento[9] e fuxicado[10].

— Ocê bota a gente hoje em riba do jirau[11], viu? — pediu ela ao filho. — Com essa chuveira de dilúvio, tudo quanto é mundice entra pro rancho e eu num quero drumi no chão não.

Ela receava a baita cascavel que inda agorinha atravessara a cozinha numa intimidade pachorrenta.

Quelemente sentiu um frio ruim no lombo. Ele dormia com a roupa ensopada, mas aquele frio que estava sentindo era diferente. Foi puxar o baixeiro e nisso esbarrou com água. Pulou do jirau no chão e a água subiu-lhe ao umbigo. Sentiu um aperto no coração e uma tonteira enjoada.

9. Magro e pálido; 10. Enrugado; 11. Estrado de varas sobre forquilhas cravadas no chão.

O rancho estava viscosamente iluminado pelo reflexo do líquido. Uma luz cansada e incômoda, que não permitia divisar os contornos das coisas. Dirigiu-se ao jirau da velha. Ela estava agachada sobre ele, com um brilho aziago[12] no olhar.

Lá fora o barulhão confuso, subterrâneo, sublinhado pelo uivo de um cachorro.

— Adonde será que tá o chulinho[13]?

Foi quando uma parede do rancho começou a desmoronar. Os torrões de barro do pau a pique se desprendiam dos amarrilhos de embiras e caíam n'água com um barulhinho brincalhão — tchibungue — tibungue. De repente, foi-se todo o pano de parede. As águas agitadas vieram banhar as pernas inúteis de mãe Nhola:

— Nossa Senhora d'Abadia do Muquém!

— Meu Divino Padre Eterno!

O menino chorava aos berros, tratando de subir pelos ombros da estuporada e alcançar o teto. Dentro da casa, boiavam pedaços de madeira, cuias, coités, trapos e a superfície do líquido tinha umas contorções diabólicas de espasmos epiléticos, entre as espumas alvas.

— Cá, nego, cá, nego — Nhola chamou o chulinho que vinha nadando pelo quarto, soprando a água. O animal subiu ao jirau e sacudiu o pelo molhado, trêmulo, e começou a lamber a cara do menino.

O teto agora começava a desabar, estralando, arriando as palhas no rio, com um vagar irritante, com uma calma perversa de suplício. Pelo vão da parede desconjuntada podia-se ver o lençol

12. Agourento, azarento; 13. Cachorrinho.

branco — que se diluía na cortina diáfana, leitosa do espaço repleto de chuva — e que arrastava as palhas, as taquaras da parede, os detritos da habitação. Tudo isso descia em longa fila, aos mansos boléus das ondas, ora valsando em torvelinhos, ora parando nos remansos enganadores. A porta do rancho também ia descendo. Era feita de paus de buritis amarrados por embiras.

Quelemente nadou, apanhou-a, colocou em cima a mãe e o filho, tirou do teto uma ripa mais comprida para servir de varejão, e lá se foram derivando, nessa jangada improvisada.

— E o chulinho? — perguntou o menino, mas a única resposta foi mesmo o uivo do cachorro.

Quelemente tentava atirar a jangada para a vargem, a fim de alcançar as árvores. A embarcação mantinha-se a coisa de dois dedos acima da superfície das águas, mas sustinha satisfatoriamente a carga. O que era preciso era alcançar a vargem, agarrar-se aos galhos das árvores, sair por esse único ponto mais próximo e mais seguro. Daí em diante o rio pegava a estreitar-se entre barrancos atacados, até cair na cachoeira. Era preciso evitar essa passagem, fugir dela. Ainda se se tivesse certeza de que a enchente houvesse passado acima do barranco e extravasado pela campina adjacente a ele, podia-se salvar por ali. Do contrário, depois de cair no canal, o jeito era mesmo espatifar-se na cachoeira.

— É o mato? — perguntou engasgadamente Nhola, cujos olhos de pua furavam o breu da noite.

Sim. O mato se aproximava, discerniam-se sobre o líquido grandes manchas, sonambulicamente pesadas, emergindo do insondável — deviam ser as copas das árvores. De súbito, porém, a sirga[14] não alcançou mais o fundo. A correnteza pegou a jangada de chofre, fê-la tornear rapidamente e arrebatou-a no lombo espumarento. As três pessoas agarraram-se freneticamente aos buritis, mas um tronco de árvore que derivava chocou-se com a embarcação, que agora corria na garupa da correnteza.

Quelemente viu a velha cair n'água, com o choque, mas não pôde nem mover-se: procurava, por milhares de cálculos, escapar à cachoeira, cujo rugido se aproximava de uma maneira desesperadora. Investigava a treva, tentando enxergar os barrancos altos daquele ponto do curso. Esforçava-se para identificar o local e atinar com um meio capaz de os salvar daquele estrugir encapetado da cachoeira.

A velha debatia-se, presa ainda à jangada por uma mão, despendendo esforços impossíveis por subir novamente para os buritis. Nisso Quelemente notou que a jangada já não suportava três pessoas. O choque com o tronco de árvore havia arrebentado os atilhos[15] e metade dos buritis havia se desligado e rodado. A velha não podia subir, sob pena de irem todos para o fundo. Ali não cabia ninguém. Era o rio que reclamava uma vítima.

As águas roncavam e cambalhotavam espumejantes na noite escura que cegava os olhos, varrida de um vento frio e sibilante. A nado, não havia força capaz de romper a correnteza nesse

14. Corda com que se puxa uma embarcação ao longo da margem; 15. Tira ou cordão de amarração.

ponto. Mas a velha tentava energicamente trepar novamente para os buritis, arrastando as pernas mortas que as águas metiam por baixo da jangada. Quelemente notou que aquele esforço da velha estava fazendo a embarcação perder a estabilidade. Ela já estava quase abaixo das águas. A velha não podia subir. Não podia. Era a morte que chegava, abraçando Quelemente com o manto líquido das águas sem fim. Tapando a sua respiração, tapando seus ouvidos, seus olhos, enchendo sua boca de água, sufocando-o, sufocando-o, apertando sua garganta. Matando seu filho, que era perrengue e estava grudado nele.

Quelemente segurou-se bem aos buritis e atirou um coice valente na cara aflissurada[16] da velha Nhola. Ela afundou-se para tornar a aparecer, presa ainda à borda da jangada, os olhos fuzilando numa expressão de incompreensão e terror espantado. Novo coice melhor aplicado e um tufo d'água espirrou no escuro. Aquele último coice, entretanto, desequilibrou a jangada, que fugiu das mãos de Quelemente, desamparando-o no meio do rio.

Ao cair, porém, sem querer, ele sentiu sob seus pés o chão seguro. Ali era um lugar raso. Devia ser a campina adjacente ao barranco. Era raso. O diabo da correnteza, porém, o arrastava, de tão forte. A mãe, se tivesse pernas vivas, certamente teria tomado pé, estaria salva. Suas pernas, entretanto, eram uns molambos sem governo, um estorvo.

Ah! se ele soubesse que aquilo era raso, não teria dado dois coices na cara da velha, não teria matado uma entrevada que queria subir para a

16. Horrorizado, apavorado.

jangada num lugar raso, onde ninguém se afogaria se a jangada afundasse...

Mas quem sabe ela estava ali, com as unhas metidas no chão, as pernas escorrendo ao longo do rio?

Quem sabe ela não tinha rodado? Não tinha caído na cachoeira, cujo ronco escurecia mais ainda a treva?

— Mãe, ô mãe!

— Mãe, a senhora tá aí?

E as águas escachoantes, rugindo, espumejando, refletindo cinicamente a treva do céu parado, do céu defunto, do céu entrevado, estuporado.

— Mãe, ô mãe! Eu num sabia que era raso.

— Espera aí mãe!

O barulho do rio ora crescia, ora morria e Quelemente foi-se metendo por ele adentro. A água barrenta e furiosa tinha vozes de pesadelo, resmungo de fantasmas, timbres de mãe ninando filhos doentes, uivos ásperos de cães danados. Abriam-se estranhas gargantas resfolegantes nos torvelinhos malucos e as espumas de noivado ficavam boiando por cima, como flores sobre túmulos.

— Mãe! — lá se foi Quelemente, gritando dentro da noite, até que a água lhe encheu a boca aberta, lhe tapou o nariz, lhe encheu os olhos arregalados, lhe entupiu os ouvidos abertos à voz da mãe que não respondia, e foi deixá-lo, empazinado[17], nalgum perau[18] distante, abaixo da cachoeira.

(In *Literatura comentada*.
São Paulo, Abril Educação, 1983.)

---

17. Cheio (no caso, de água); 18. Lugar profundo de um rio.

MURILO RUBIÃO

O convidado

Vê, pois, que passam os
meus breves anos, e eu caminho
por uma vereda, pela qual
não voltarei.

Job, XVI, 23

O convite que acabara de receber muito contrariava o seu gosto pelos detalhes. Além de não mencionar a data e o local da festa, omitia o nome das pessoas que a promoviam. Silenciava quanto ao traje das senhoras, apesar de exigir para os cavalheiros fardão e bicorne ou casaca irlandesa sem condecorações. À falta de outros esclarecimentos, julgou tratar-se de alguma festividade religiosa ou de insípida comemoração acadêmica.

José Alferes tornou a examinar o envelope, preocupado com a possibilidade de um equívoco ou de simples brincadeira de desocupados. — Mas a quem interessaria divertir-se à custa de um estranho em uma metrópole de cinco milhões de habitantes? — A ideia era evidentemente absurda, tendo-se em conta que o seu círculo de relações não excedia o corpo de funcionários do hotel, onde se encontrava hospedado havia quatro meses.

Pensou em jogar fora a carta, só não o fazendo ao lembrar-se de Débora, a estenógrafa, pensionista de um dos apartamentos no mesmo andar do seu. Poderia ser ela, sem dúvida, poderia. O talhe feminino da caligrafia autorizava essa suposição. Despreocupou-se das omissões do convite — coisa de mulher — para concentrar-se apenas nas formas sensuais da sua vizinha: ancas sólidas, seios duros, as pernas perfeitas.

Fizera diversas tentativas de abordá-la e fora repelido. Com um meio sorriso, uma frase reticente, olhava-o furtivamente e, sem virar-se para trás, sabia que Alferes ficara parado, o sangue fervendo, a acompanhar-lhe os passos por toda a extensão do corredor.

• • •

A janela do seu quarto dava para uma casa que alugava roupas destinadas a qualquer tipo de solenidade, bailes ou recepções. Mesmo com estoque variado, a sua freguesia era reduzida. Naquela manhã, entretanto, apresentava um movimento considerável de pessoas entrando e saindo, na maioria carregando embrulhos. Durante algum tempo, José Alferes observou sem grande interesse o que se passava no outro lado da rua. De súbito bateu a mão na testa, apressando-se em trocar o pijama pelo primeiro terno que encontrou no guarda-roupa. E, no embalo de repentina euforia, ensaiou um passo de dança abraçado a uma dama invisível que mais tarde poderia adquirir a solidez do corpo de Débora, porque já se convencera: a festa estava bem próxima. Se não, como explicar o procedimento de tanta gente alugando indumentárias especiais nessa época do ano, quando o calendário não indicava nenhuma festividade tradicional?

Ao entrar na loja, encontrou-a vazia. O único empregado da firma, um senhor idoso, atendeu-o. A agitação de Alferes não lhe permitiu ir direto ao assunto. Perguntou ao velho se tinha notícia de recepção ou algo parecido para aquela noite.

A resposta pouco o esclareceu: acreditava que sim, porém nada de positivo soubera pela boca dos fregueses atendidos na parte da manhã. Aconselhava-o a procurar Faetonte, o motorista de táxi do posto da esquina, que era, no setor hoteleiro, o condutor habitual dos que procuravam divertimentos noturnos na cidade.

José Alferes percebeu que o seu interlocutor ocultava alguma coisa. Contudo preferiu não insistir. Tirou do bolso o convite e indagou se poderia conseguir um dos trajes nele sugeridos.

O homem relanceou os olhos pelos armários, reexaminou o papel, enrolou-o entre os dedos, limpou os óculos e, sem pressa, dirigiu-se aos fundos da loja, para reaparecer sobraçando umas vestes negras e um chapéu de plumas:

— Não é exatamente o exigido, mas servem.

Havia tal segurança na voz e nos modos do caixeiro que Alferes, mesmo vendo não ser bicórneo o chapéu, evitou contradizê-lo. A um sinal do outro, acompanhou-o a um cubículo revestido de espelhos.

Um pouco constrangido e desajeitado, ia experimentando as peças do vestuário, quase todas em seda preta: um gibão, calções, meias longas, sapatilhas e, para adornar o pescoço, rufos brancos engomados. Por último o espadim.

A carteira de dinheiro aberta, deteve-se um instante na contagem das notas que cobririam o pagamento do aluguel, procurando localizar algo perdido na memória.

— Não está satisfeito? — perguntou o velho, incomodado com o silêncio do cliente.

— Estou. Apenas tentava recompor a imagem de um rei antigo, com esta mesma roupa, numa gravura também antiga. Talvez um rei espanhol ou o retrato de um desconhecido.

• • •

De volta ao hotel, meteu-se novamente no pijama. Pediu o almoço no quarto e, fora de seus hábitos, recomendou um vinho estrangeiro, prelibando o encontro da noite. A custo refreou a vontade de telefonar para a estenógrafa. — Se a carta não vinha assinada — raciocinava — é que era desejo dela permanecer incógnita. Dada a natureza vacilante de Débora, um gesto precipitado seu poderia levá-la a negar qualquer participação na remessa do convite.

Conteve a impaciência, apesar do lento fluir do tempo. Aproveitou-o mais tarde para aprontar-se com amoroso cuidado, desde o banho, a água morna perfumada por essências, o ajeitar dos rufos, o esticar das meias compridas, eliminando as menores rugas. Os calções justos traziam-lhe certo desconforto e a figura refletida no espelho desagradava-lhe pelo aspecto sombrio. Sorriu ao pôr o chapéu: as plumas suavizavam um pouco a austeridade do vestuário. Entre um e outro pensamento, tentava relembrar onde vira alguém vestido do mesmo modo. Um rei espanhol ou um desconhecido?

• • •

Pairava no elevador um perfume vagamente familiar. Gostaria que pertencesse à sua vizinha e perguntou ao cabineiro se ela acabara de descer.

A senhorita Débora viajou de férias ontem à tarde.

— Viajou? — A surpresa quase o desmontou da naturalidade que imprimira à pergunta. Sentia ruir os planos de um dia inteiramente construído para uma noite singular. O primeiro impulso foi de retornar ao apartamento e livrar-se daquele traje incômodo. Os gastos feitos, a dificuldade de substituir por outro o programa idealizado e principalmente o medo de cair no ridículo se descobrissem ter sido convidado a participar de uma festa por uma mulher que viajara na véspera, fizeram-no prosseguir.

— Ah, sabia sim, tinha me esquecido — desculpou-se. E deu ao ascensorista uma gorjeta maior que a do costume, como se ela o redimisse da decepção sofrida.

• • •

Não saberia explicar por que entre vários táxis no estacionamento escolhera exatamente o de Faetonte. Seria pelo uniforme incomum que envergava — uma túnica azul com alamares dourados e a calça vermelha? — Isso pouco importava. Já se acomodara no banco traseiro do carro.

— Calculo que o nosso destino é o bairro de Stericon, na parte nobre da cidade.

— Não estou certo — respondeu Alferes. — Apenas sei que devo ir a uma recepção, para a qual exigem uma roupa igual a esta.

— Então é lá mesmo — retrucou o chofer, pondo o veículo em movimento.

Rodaram durante meia hora, passando por residências ricas, de arquitetura requintada ou de mau gosto. Detiveram-se ao deparar um sobrado mal-iluminado e meio escondido por muros altos.

— Tem certeza que é neste lugar, Faetonte? — A ausência de outros automóveis em frente à casa e sua minguada iluminação justificavam seu ceticismo.

— Absoluta. Olha ali, é o porteiro se dirigindo ao nosso encontro.

De fato, na direção deles vinha um homem de terno azul e boina verde. Fez uma reverência exagerada, girando em seguida a maçaneta do carro:

— Tenha a bondade de descer, cavalheiro.

Alferes apreciou a deferência:

— Esta roupa atende às determinações do protocolo?

— Desculpe-me, minha função não vai a tanto. Fui encarregado somente de receber o convidado.

— Ótimo, assim as coisas tornam-se mais simples. Sou a pessoa que o senhor aguarda. — E mostrou-lhe o convite.

O porteiro pediu-lhe que esperasse: iria comunicar sua chegada ao comitê de recepção. Minutos depois retornava acompanhado de três senhores discretamente trajados. Moveram de leve as cabeças num cumprimento inexpressivo. Examinaram Alferes, do rosto ao vestuário, demonstrando visível insegurança pela dificuldade em reconhecer nele a pessoa esperada. Silenciosos, retrocederam alguns passos, para mais adiante fecharem-se em círculo, as mãos apoiadas nos ombros uns dos outros. Confabulavam.

Voltaram descontraídos e coube ao mais velho interpretar o pensamentodos três:

— Concordamos que o seu traje obedece às normas preestabelecidas e a autenticidade do convite é incontestável. Aliás, foi o único expedido através dos correios. Os demais convivas foram avisados pelo telefone. Apesar da evidência, o instinto nos diz que o nosso homenageado ainda está por chegar. Não podemos, todavia, impedir a entrada do senhor, mesmo sabendo de antemão os transtornos que a sua presença acarretará, pois muitos o confundirão com o verdadeiro convidado. À medida que isso aconteça, nos apressaremos em esclarecer o equívoco.

• • •

Entraram juntos por um corredor estreito e escuro. De repente, ao abrir-se uma porta larga, deram com um salão fartamente iluminado e repleto de pessoas conversando, rindo, enquanto os garçons serviam bebidas. Alferes foi empurrado de um lado para outro. Todas as vezes que alguém se encontrava frente a frente com ele, pedia-lhe desculpas, cumprimentava-o efusivamente. Os membros da Comissão intervinham, desfazendo o engano. Prosseguiram assim por outras salas, também cheias, repetindo-se os equívocos e os desmentidos.

A notícia da presença de um falso convidado na festa circulara rápida, o que permitiu a Alferes atravessar sem ser importunado os últimos salões e chegar aos fundos da casa. Uma leve brisa refrescou seu rosto alagado pelo suor. Vinha do parque, onde numerosas pessoas em trajes de passeio se reuniam em bandos dispersos entre árvores e bancos dos jardins. Estes se projetavam pela propriedade adentro, separados uns dos outros, a espaços regulares, por sebes de fícus cortadas em estreitas passagens.

Embora soubessem da delicada situação de José Alferes, ninguém o tratava a distância ou com hostilidade. Pelo contrário, procuravam cercá-lo de atenções, insistindo que se juntasse às alegres rodas, formadas de senhoras e cavalheiros excessivamente corteses. Mas logo ele se retraía e se afastava ante a impossibilidade de acompanhar os diálogos, que giravam em torno de um único e cansativo tema: a criação e corridas de cavalos.

Não ficava muito tempo sozinho. Dele se aproximavam outros participantes da reunião, dispostos a tudo fazer para interessá-lo em potrancas, baias, selins, charretes, puros-sangues. Ouvia-os enfadado, desde que nunca fora a hipódromos, fazendas e jamais montara sequer um burro. Tentava desviar a conversa, falando do homem esperado, aquele que daria sentido à recepção. Respondiam com evasivas: não o conheciam, ignoravam o seu aspecto físico, os motivos da homenagem. Sabiam, entretanto, que sem ele a festa não seria iniciada.

• • •

Sentado num banco de pedra, José Alferes sente aumentar sua irritação pelas lisonjas, as apresentações cerimoniosas, os gestos delicados. Rejeitava firme, às vezes duro, novas solicitações para aderir aos grupos de criaturas cativantes e vazias.

Acabara de repelir a investida de uns poucos inconformados com o seu isolamento, quando viu caminhar na sua direção uma bela mulher. Alta, vestida de veludo escuro, o rosto muito claro, o cabelo entre o negro e o castanho, parecia nascer da noite.

Vinha sorrindo, o copo de uísque na mão. Os seus olhos brilhavam como se umedecidos pela neblina que começava a cair.

— Vamos, tome. Nem tudo é ruim nesta festa — disse, estendendo-lhe o copo.

A voz agradável, os dentes perfeitos realçavam sua beleza, a crescer à medida que se aproximava:

— O seu nome todos sabem, o meu é Astérope.

Rendeu-se à espontaneidade dela, receando uma só pergunta e esta veio:

— Costuma ir ao Hipódromo?

Lamentou sua dificuldade em mentir ou contornar situações embaraçosas:

— Francamente, este é um assunto que me dá o maior tédio.

Encabulada, ela procurou disfarçar o desapontamento, indagando se ele gostaria de conhecer os jardins da casa. Sem esperar a resposta, deu-lhe o braço:

— São lindos.

A Alferes escapavam as boas maneiras, daí a necessidade de penitenciar-se constantemente das frases bruscas, onde a intenção de ferir inexistia:

— Desculpe-me, não quis ofendê-la. Aqui se reúnem unicamente aficionados de cavalos?

— Simples coincidência, nada programamos nesse sentido.

O terreno era perigoso. Mudou rápido o curso da conversa:

— Você conhece o convidado?

Astérope olhou-o fixamente, como se pretendesse descobrir nele algo que ainda não decifrara:

— Vagamente, de referências. Vou conhecê-lo melhor hoje, na cama, pois dormiremos juntos.

— Um absurdo, você nem sabe quem é ele!

— Fui escolhida pela Comissão.

— Considero isso uma estupidez. E se for um homem doente, feio ou aleijado?

— Vale a pena correr o risco.

Além do desagrado de saber que mais tarde ela estaria deitada com outro, algo de inquietante emanava de Astérope. Da excessiva beleza ou do brilho dos olhos?

• • •

Foram varando jardins. Intranquilo, metido em dúvidas, Alferes ouvia desatento a companheira.

Por vezes, olhando em torno, achava o parque demasiado extenso. Calava a desconfiança, preocupado em descobrir se teria visto uma jovem senhora parecida com ela num quadro, folhinha ou livro.

Estacou. Aqueles jardins intermináveis, a sua incapacidade de falar a linguagem dos convivas, um convidado cuja ausência retardava a realização da festa. A beleza de Astérope. Agarrou-a pelos ombros, obrigando-a a encará-lo. Seria o brilho dos olhos?

Teve medo.

Retrocedeu apressadamente, fazendo o mesmo percurso de horas atrás, atropelando pessoas, empurrando-as. Todos desejavam segurá-lo, porém ele se desvencilhava dos obsequiosos cavalheiros e damas amáveis.

No final do corredor, o porteiro quis retê-lo e foi afastado com uma cotovelada.

• • •

Sentiu-se aliviado ao deixar para trás a atmosfera opressiva da recepção. Dentro de meia hora estaria no seu apartamento a contar os dias restantes das férias de Débora, mulher saudável, farta de carnes.

Quase nada enxergava porque neblinava forte. Cauteloso no pisar, dirigiu-se a um automóvel estacionado nas imediações, por sorte o de Faetonte.

Entrou rápido nele:

— Depressa, ao hotel.

— Lamento, pediram-me que aguardasse o convidado. Depois dele levarei os membros da Comissão, cabendo ao senhor a última viagem, entendido?

— Seu hipócrita! Você e essa corja de simuladores sabem que o convidado não virá nunca!

O chofer ignorou o desabafo do passageiro, retrucando delicadamente:

— Tenha paciência, estamos próximos do acontecimento.

Alferes desceu do carro resmungando, disposto a enfrentar a cerração. Pelos seus cálculos, bastaria caminhar um quilômetro para chegar à parte mais habitada do bairro, onde encontraria condução fácil. Mal andara cem metros, as dificuldades começaram a surgir. Tropeçou no meio-fio, indo chocar-se contra um muro. Seguiu encostado a este durante curto espaço de tempo e logo as mãos feriram-se numa cerca de arame farpado. Afastando-se dela, teve a impressão de que se embrenhara num matagal. Daí por diante, perdeu-se. Ia da direita para a esquerda, avançava, retrocedia, arranhando-se nos arbustos.

• • •

Perdera o chapéu de plumas, a roupa rasgara-se em vários lugares, romperam-se as sapatilhas no calçamento irregular dos diversos sítios pelos quais passara.

Os pés sangravam. Aflito, buscando na escuridão luz de casa ou de rua que o orientasse, desequilibrou-se e rolou por um declive. Ao levantar-se, avistou bem próximo, frouxamente iluminado, o edifício que há pouco deixara.

• • •

O porteiro recebeu-o com a cordialidade cansativa dos que naquela noite tudo fizeram para integrá-lo num mundo desprovido de sentido. Alheio aos cumprimentos e mesuras, encaminhou-se direto a Faetonte, a quem procurou comover, mostrando-lhe o estado da roupa, o sangue coagulado nas feridas. Lacrimoso e subserviente, adulava o motorista, a ressaltar nele qualidades, virtudes inexistentes:

— Sei da sua bondade e o favor é pequeno, basta deixar-me no ponto do ônibus. Você volta rápido, a tempo de atender a seus compromissos.

Vendo que suas palavras não alcançavam o objetivo, partiu para o suborno. Ofereceu-lhe elevada soma em dinheiro. Faetonte recusou: permaneceria no local, aguardando as determinações da Comissão.

Corriam as horas, a neblina caindo, José Alferes renovava a espaços o oferecimento de gratificar generosamente o motorista pela corrida. A cada recusa, ele ia à porta de entrada, espiava para dentro do corredor, na ilusão de que aparecessem outras pessoas também cansadas de esperar inutilmente o início da festa e o guiassem até o centro da cidade.

Curvado, no seu desconsolo, já aceitava a ideia de retornar ao parque, quando lhe tocaram no braço. Assustou-se: era Astérope. Ela fingiu não perceber o temor estampado no rosto dele e arrastou-o consigo:

— Sei o caminho.

Saberia? — Dos olhos de Alferes emergiu avassaladora dúvida. Mas deixou-se levar.

(In *O convidado*.
São Paulo, Ática, 1983.)

LYGIA FAGUNDES TELLES

Antes do baile verde

O rancho azul e branco desfilava com seus passistas vestidos à Luís XV e sua porta-estandarte de peruca prateada em forma de pirâmide, os cachos desabados na testa, a cauda do vestido de cetim arrastando-se enxovalhada pelo asfalto. O negro do bumbo fez uma profunda reverência diante das duas mulheres debruçadas na janela e prosseguiu com seu chapéu de três bicos, fazendo flutuar a capa encharcada de suor.

— Ele gostou de você — disse a jovem, voltando-se para a mulher que ainda aplaudia. — O cumprimento foi na sua direção, viu que chique?

A preta deu uma risadinha.

— Meu homem é mil vezes mais bonito, pelo menos na minha opinião. E já deve estar chegando, ficou de me pegar às dez na esquina. Se me atraso, ele começa a encher a caveira[1] e pronto, não sai mais nada.

A jovem tomou-a pelo braço e arrastou-a até a mesa de cabeceira. O quarto estava revolvido como se um ladrão tivesse passado por ali e despejado caixas e gavetas.

— Estou atrasadíssima, Lu! Essa fantasia é fogo... Tenha paciência, mas você vai me ajudar um pouquinho.

— Mas você ainda não acabou?

Sentando-se na cama, a jovem abriu sobre os joelhos o saiote verde. Usava biquíni e meias rendadas também verdes.

— Acabei o quê, falta pregar tudo isto ainda, olha aí... Fui inventar um raio de pierrete dificílima.

A preta aproximou-se, alisando com as mãos o quimono de seda brilhante. Espetado na carapinha trazia um crisântemo de papel crepom vermelho. Sentou-se ao lado da moça.

— O Raimundo já deve estar chegando, ele fica uma onça se me atraso. A gente vai ver os ranchos[2], hoje quero ver todos.

— Tem tempo, sossega — atalhou a jovem. Afastou os cabelos que lhe caíam nos olhos. Levantou o abajur que tombou na mesinha. — Não sei como fui me atrasar desse jeito.

— Mas não posso perder o desfile, viu, Tatisa? Tudo, menos perder o desfile!

— E quem está dizendo que você vai perder?

1. Encher a cara, beber muito; 2. Bloco carnavalesco.

A mulher enfiou o dedo no pote de cola e baixou-o de leve nas lantejoulas do pires. Em seguida, levou o dedo até o saiote e ali deixou as lantejoulas formando uma constelação desordenada. Colheu uma lantejoula que escapara e delicadamente tocou com ela na cola. Depositou-a no saiote, fixando-a com pequenos movimentos circulares.

— Mas se tiver que pregar as lantejoulas em todo o saiote...

— Já começou a queixação? Achei que dava tempo e agora não posso largar a coisa pela metade, vê se entende! Você ajudando vai num instante, já me pintei, olha aí, que tal minha cara? Você nem disse nada, sua bruxa! Hein?... Que tal?

A mulher sorriu.

— Ficou bonito, Tatisa. Com o cabelo assim verde, você está parecendo uma alcachofra, tão gozado. Não gosto é desse verde na unha, fica esquisito.

Num movimento brusco, a jovem levantou a cabeça para respirar melhor. Passou o dorso da mão na face afogueada.

— Mas as unhas é que dão a nota, sua tonta. É um baile verde, as fantasias têm que ser verdes, tudo verde. Mas não precisa ficar me olhando, vamos, não pare, pode falar, mas vá trabalhando. Falta mais da metade, Lu!

— Estou sem óculos, não enxergo direito sem os óculos.

— Não faz mal — disse a jovem, limpando no lençol o excesso de cola que lhe escorreu pelo dedo. — Vá grudando de qualquer jeito que lá dentro ninguém vai reparar, vai ter gente à beça. O que está me endoidando é este calor, não aguento mais, tenho a impressão de que estou me derretendo, você não sente? Calor bárbaro!

A mulher tentou prender o crisântemo que resvalara para o pescoço. Franziu a testa e baixou o tom de voz.

— Estive lá.

— E daí?

— Ele está morrendo.

Um carro passou na rua, buzinando freneticamente. Alguns meninos puseram-se a cantar aos gritos, o compasso marcado pelas batidas numa frigideira: *A coroa do rei não é de ouro nem de prata...*

— Parece que estou num forno — gemeu a jovem, dilatando as narinas porejadas de suor. — Se soubesse, teria inventado uma fantasia mais leve.

— Mais leve do que isso? Você está quase nua, Tatisa. Eu ia com a minha havaiana, mas só porque aparece um pedaço da coxa o Raimundo implica. Imagine você então...

Com a ponta da unha, Tatisa colheu uma lantejoula que se enredara na renda da meia. Deixou-a cair na pequena constelação que ia armando na barra do saiote e ficou raspando pensativamente um pingo ressequido de cola que lhe caíra no joelho. Vagava o olhar pelos objetos, sem fixar-se em nenhum. Falou num tom sombrio:

— Você acha, Lu?

— Acha o quê?

— Que ele está morrendo?

— Ah, está, sim. Conheço bem isso, já vi um monte de gente morrer, agora já sei como é. Ele não passa desta noite.

— Mas você já se enganou uma vez, lembra? Disse que ele ia morrer, que estava nas últimas... E no dia seguinte ele já pedia leite, radiante.

— Radiante? — espantou-se a empregada. Fechou num muxoxo os lábios pintados de vermelho-violeta. — E depois, eu não disse não senhora que ele ia morrer, eu disse que ele estava ruim, foi o que eu disse. Mas hoje é diferente, Tatisa. Espiei da porta, nem precisei entrar para ver que ele está morrendo.

— Mas quando fui lá ele estava dormindo tão calmo, Lu.

— Aquilo não é sono. É outra coisa.

Afastando bruscamente o saiote aberto nos joelhos, a jovem levantou-se. Foi até a mesa, pegou a garrafa de uísque e procurou um copo em meio da desordem dos frascos e caixas. Achou-o debaixo da esponja de arminho. Soprou o fundo cheio de pó de arroz e bebeu em largos goles, apertando os maxilares. Respirou de boca aberta. Dirigiu-se à preta.

— Quer?

— Tomei muita cerveja, se misturo dá ânsia.

A jovem despejou mais uísque no copo.

— Minha pintura não está derretendo? Veja se o verde dos olhos não borrou... Nunca transpirei tanto, sinto o sangue ferver.

— Você está bebendo demais. E nessa correria...

Também não sei por que essa invenção de saiote bordado, as lantejoulas vão se desgrudar todas no aperto. E o pior é que não posso caprichar, com o pensamento no Raimundo lá na esquina...

— Você é chata, não, Lu? Mil vezes fica repetindo a mesma coisa, taque-taque-taque-taque! Esse cara não pode esperar um pouco?

A mulher não respondeu. Ouvia com expressão deliciada a música de um bloco que passava já longínquo. Cantarolou em falsete *Acabou chorando... acabou chorando...*

— No outro carnaval entrei num bloco de *sujos*[3] e me diverti à grande. Meu sapato até desmanchou de tanto que dancei.

— E eu na cama, podre de gripe, lembra? Neste quero me esbaldar.

— E seu pai?

Lentamente a jovem foi limpando no lençol as pontas dos dedos esbranquiçados de cola. Tomou um gole de uísque. Voltou a afundar o dedo no pote.

— Você quer que eu fique aqui chorando, não é isso que você quer? Quer que eu cubra a cabeça com cinza e fique de joelhos rezando, não é isso que você está querendo? — Ficou olhando para a ponta do dedo coberto de lantejoulas. Foi deixando no saiote o dedal cintilante. — Que é que eu posso fazer? Não sou Deus, sou? Então? Se ele está pior, que culpa tenho eu?

— Não estou dizendo que você é culpada, Tatisa. Não tenho nada com isso, ele é seu pai, não meu. Faça o que bem entender.

---

3. Folião que sai à rua pobremente fantasiado ou com fantasia improvisada, malfeita.

— Mas você começa a dizer que ele está morrendo!

— Pois está mesmo.

— Está nada! Também espiei, ele está dormindo, ninguém morre dormindo daquele jeito.

— Então não está.

A jovem foi até a janela e ofereceu a face ao céu roxo. Na calçada, um bando de meninos brincava com bisnagas de plástico em formato de banana, esguichando água um na cara do outro. Interromperam a brincadeira para vaiar um homem que passou vestido de mulher, pisando para fora nos sapatos de saltos altíssimos. "Minha lindura, vem comigo, minha lindura!" — gritou o moleque maior, correndo atrás do homem. Ela assistia à cena com indiferença. Puxou com força as meias presas aos elásticos do biquíni.

— Estou transpirando feito um cavalo. Juro que, se não tivesse me pintado, metia-me agora num chuveiro, besteira a gente se pintar antes.

— E eu não aguento mais de sede — resmungou a empregada, arregaçando as mangas do quimono. — Ai! uma cerveja bem geladinha. Gosto mesmo é de cerveja, mas o Raimundo prefere cachaça. No ano passado, ele ficou de porre os três dias, fui sozinha no desfile. Tinha um carro que foi o mais bonito de todos, representava um mar. Você precisava ver aquele monte de sereias enroladas em pérolas. Tinha pescador, tinha pirata, tinha polvo, tinha tudo! Bem lá em cima, dentro de uma concha abrindo e fechando, a rainha do mar coberta de joias...

— Você já se enganou uma vez — atalhou a jovem. — Ele não pode estar morrendo, não pode. Também estive lá antes de você, ele estava dormindo tão sossegado. E hoje cedo até me reconheceu, ficou me olhando, me olhando e depois sorriu. Você está bem, papai?, perguntei e ele não respondeu, mas vi que entendeu perfeitamente o que eu disse.

— Ele se fez de forte, coitado.

— De forte, como?

— Sabe que você tem o seu baile, não quer atrapalhar.

— Ih, como é difícil conversar com gente ignorante — explodiu a jovem, atirando no chão as roupas amontoadas na cama. Revistou os bolsos de uma calça comprida. — Você pegou meu cigarro?

— Tenho minha marca, não preciso dos seus.

— Escuta, Luzinha, escuta — começou ela, ajeitando a flor na carapinha da mulher. — Eu não estou inventando, tenho certeza de que ainda hoje cedo ele me reconheceu. Acho que nessa hora sentiu alguma dor, porque uma lágrima foi escorrendo daquele lado paralisado. Nunca vi ele chorar daquele lado, nunca. Chorou só daquele lado, uma lágrima tão escura...

— Ele estava se despedindo.

— Lá vem você de novo, merda! Pare de bancar o corvo, até parece que você quer que seja hoje. Por que tem que repetir isso, por quê?

— Você mesma pergunta e não quer que eu responda. Não vou mentir, Tatisa.

A jovem espiou debaixo da cama. Puxou um pé de sapato. Agachou-se mais, roçando os cabelos verdes no chão. Levantou-se, olhou em redor. E foi-se ajoelhando devagarinho diante da preta. Apanhou o pote de cola.

— E se você desse um pulo lá só para ver?

— Mas você quer ou não que eu acabe isto? — a mulher gemeu exasperada, abrindo e fechando os dedos ressequidos de cola. — O Raimundo tem ódio de esperar, hoje ainda apanho!

A jovem levantou-se. Fungou, andando rápida num andar de bicho na jaula. Chutou um sapato que encontrou no caminho.

— Aquele médico miserável. Tudo culpa daquela bicha. Eu bem disse que não podia ficar com ele aqui em casa, eu disse que não sei tratar de doente, não tenho jeito, não posso! Se você fosse boazinha, você me ajudava, mas você não passa de uma egoísta, uma chata que não quer saber de nada. Sua egoísta!

— Mas, Tatisa, ele não é meu pai, não tenho nada com isso, até que tenho ajudado muito, sim senhora, como não? Todos esses meses quem é que tem aguentado o tranco? Não me queixo, porque ele é muito bom, coitado. Mas tenha a santa paciência, hoje não! Até que estou fazendo muito aqui plantada quando devia estar na rua.

Com um gesto fatigado, a jovem abriu a porta do armário. Olhou-se no espelho. Beliscou a cintura.

— Engordei, Lu.

— Você, gorda? Mas você é só osso, menina. Seu namorado não tem onde pegar. Ou tem?

Ela ensaiou com os quadris um movimento lascivo. Riu. Os olhos animaram-se:

— Lu, Lu, pelo amor de Deus, acabe logo, que à meia-noite ele vem me buscar. Mandou fazer um pierrô verde.

— Também já me fantasiei de pierrô. Mas faz tempo.

— Vem num Tufão, viu que chique?

— Que é isso?

— É um carro muito bacana, vermelho. Mas não fique aí me olhando, depressa, Lu, você não vê que... — Passou ansiosamente a mão no pescoço. — Lu, Lu, por que ele não ficou no hospital?! Estava tão bem no hospital...

— Hospital de graça é assim mesmo, Tatisa. Eles não podem ficar a vida inteira com um doente que não resolve, tem doente esperando até na calçada.

— Há meses que venho pensando nesse baile. Ele viveu sessenta e seis anos. Não podia viver mais um dia?

A preta sacudiu o saiote e examinou-o a uma certa distância. Abriu-o de novo no colo e inclinou-se para o pires de lantejoulas.

— Falta só um pedaço.

— Um dia mais...

— Vem me ajudar, Tatisa, nós duas pregando vai num instante.

Agora ambas trabalhavam num ritmo acelerado, as mãos indo e vindo do pote de cola ao pires e do pires ao saiote, curvo como uma asa verde, pesada de lantejoulas.

— Hoje o Raimundo me mata — recomeçou a mulher, grudando as lantejoulas meio ao acaso. Passou o dorso da mão na testa molhada. Ficou com a mão parada no ar. — Você não ouviu?

A jovem demorou para responder.

— O quê?

— Parece que ouvi um gemido.

Ela baixou o olhar.

— Foi na rua.

Inclinaram as cabeças irmanadas sob a luz amarela do abajur.

— Escuta, Lu, se você pudesse ficar hoje, só hoje — começou ela num tom manso. Apressou-se: — Eu te daria meu vestido branco, aquele meu branco, sabe qual é? E também os sapatos, estão novos ainda, você sabe que eles estão novos. Você pode sair amanhã, você pode sair todos os dias, mas pelo amor de Deus, Lu, fica hoje!

A empregada empertigou-se, triunfante.

— Custou, Tatisa, custou. Desde o começo eu já estava esperando. Ah, mas hoje nem que me matasse eu ficava, hoje não. — O crisântemo caiu enquanto ela sacudia a cabeça. Prendeu-o com um grampo que abriu entre os dentes. — Perder esse desfile? Nunca! Já fiz muito — acrescentou, sacudindo o saiote. — Pronto, pode vestir. Está um serviço porco, mas ninguém vai reparar.

— Eu podia te dar o casaco azul — murmurou a jovem, limpando os dedos no lençol.

— Nem que fosse para ficar com meu pai eu ficava, ouviu isso, Tatisa? Nem com meu pai, hoje não.

Levantando-se de um salto, a moça foi até a garrafa e bebeu de olhos fechados mais alguns goles. Vestiu o saiote.

— Brrrr! Esse uísque é uma bomba — resmungou, aproximando-se do espelho. — Anda, venha aqui me abotoar, não precisa ficar aí com essa cara. Sua chata.

A mulher tateou os dedos por entre o tule.

— Não acho os colchetes...

A jovem ficou diante do espelho, as pernas abertas, a cabeça levantada. Olhou para a mulher, através do espelho:

— Morrendo coisa nenhuma, Lu. Você estava sem os óculos quando entrou no quarto, não estava? Então não viu direito, ele estava dormindo.

— Pode ser que me enganasse mesmo...

— Claro que se enganou. Ele estava dormindo.

A mulher franziu a testa, enxugando na manga do quimono o suor do queixo. Repetiu como um eco:

— Estava dormindo, sim.

— Depressa, Lu, faz uma hora que você está com esses colchetes!

— Pronto — disse a outra, baixinho, enquanto recuava até a porta. — Você não precisa mais de mim, não é?

— Espera! — ordenou a moça, perfumando-se rapidamente. Retocou os lábios, atirou o pincel ao lado do vidro destapado. — Já estou pronta, vamos descer juntas.

— Tenho que ir, Tatisa!

— Espera, já disse que estou pronta — repetiu, baixando a voz. — Só vou pegar a bolsa...

— Você vai deixar a luz acesa?

— Melhor, não? A casa fica mais alegre assim.

No topo da escada ficaram mais juntas. Olharam na mesma direção: a porta estava fechada. Imóveis como se tivessem sido petrificadas na fuga, as duas mulheres ficaram ouvindo o relógio da sala. Foi a preta quem primeiro se moveu. A voz era um sopro:

— Quer ir dar uma espiada, Tatisa?

— Vá você, Lu...

Trocaram um rápido olhar. Bagas de suor escorriam pelas têmporas verdes da jovem, um suor turvo como o sumo de uma casca de limão. O som prolongado de uma buzina foi-se fragmentando lá fora. Subiu poderoso o som do relógio. Brandamente a empregada desprendeu-se da mão da jovem. Foi descendo a escada na ponta dos pés. Abriu a porta da rua.

— Lu! Lu! — a jovem chamou num sobressalto. Continha-se para não gritar. — Espera aí, já vou indo...

E, apoiando-se ao corrimão, colada a ele, desceu precipitadamente. Quando bateu a porta atrás de si, rolaram pela escada algumas lantejoulas verdes na mesma direção, como se quisessem alcançá-la.

(In *Antes do baile verde*.
2. ed. Rio de Janeiro, J. Olympio, 1971.)

OSMAN LINS

A partida

Hoje, revendo minhas atitudes quando vim embora, reconheço que mudei bastante. Verifico também que estava aflito e que havia um fundo de mágoa ou desespero em minha impaciência. Eu queria deixar minha casa, minha avó e seus cuidados. Estava farto de chegar a horas certas, de ouvir reclamações; de ser vigiado, contemplado, querido. Sim, também a afeição de minha avó incomodava-me. Era quase palpável, quase como um objeto, uma túnica, um paletó justo que eu não pudesse despir.

Ela vivia a comprar-me remédios, a censurar minha falta de modos, a olhar-me, a repetir conselhos que eu já sabia de cor. Era boa demais, intoleravelmente boa e amorosa e justa.

Na véspera da viagem, enquanto eu a ajudava a arrumar as coisas na maleta, pensava que no dia seguinte estaria livre e imaginava o amplo mundo no qual iria desafogar-me: passeios, domingos sem missa, trabalho em vez de livros, mulheres nas praias, caras novas. Como tudo era fascinante! Que viesse logo. Que as horas corressem e eu me encontrasse imediatamente na posse de todos esses bens que me aguardavam. Que as horas voassem, voassem!

Percebi que minha avó não me olhava. A princípio, achei inexplicável que ela fizesse isso, pois costumava fitar-me, longamente, com uma ternura que incomodava. Tive raiva do que me parecia um capricho e, como represália, fui para a cama.

Deixei a luz acesa. Sentia não sei que prazer em contar as vigas do teto, em olhar para a lâmpada. Desejava que nenhuma dessas coisas me afetasse e irritava-me por começar a entender que não conseguiria afastar-me delas sem emoção.

Minha avó fechara a maleta e agora se movia, devagar, calada, fiel ao seu hábito de fazer arrumações tardias. A quietude da casa parecia triste e ficava mais nítida com os poucos ruídos aos quais me fixava: manso arrastar de chinelos, cuidadoso abrir e lento fechar de gavetas, o tique-taque do relógio, tilintar de talheres, de xícaras.

Por fim, ela veio ao meu quarto, curvou-se:

— Acordado?

Apanhou o lençol e ia cobrir-me (gostava disso, ainda hoje o faz quando a visito), mas pretextei calor, beijei sua mão enrugada e, antes que ela saísse, dei-lhe as costas.

Não consegui dormir. Continuava preso a outros rumores. E, quando estes se esvaíam, indistintas imagens me acossavam. Edifícios imensos, opressivos, barulho de trens, luzes, tudo a afligir-me, persistente, desagradável — imagens de febre.

Sentei-me na cama, as têmporas batendo, o coração inchado, retendo uma alegria dolorosa, que mais parecia um anúncio de morte. As horas passavam, cantavam grilos, minha avó tossia e voltava-se no leito, as molas duras rangiam ao peso de seu corpo. A tosse passou, emudeceram as molas; ficaram só os grilos e os relógios. Deitei-me.

Passava de meia-noite quando a velha cama gemeu: minha avó levantava-se. Abriu de leve a porta de seu quarto, sempre de leve entrou no meu, veio chegando e ficou de pé junto a mim. Com que finalidade? — perguntava eu. Cobrir-me ainda? Repetir-me conselhos? Ouvi-a então soluçar e quase fui sacudido por um acesso de raiva. Ela está olhando para mim e chorando como se eu fosse um cadáver — pensei. Mas eu não me parecia em nada com um morto, senão no estar deitado. Estava vivo, bem vivo, não ia morrer. Sentia-me a ponto de gritar. Que me deixasse em paz e fosse chorar longe, na sala, na cozinha, no quintal, mas longe de mim. Eu não estava morto.

Afinal, ela beijou-me a fronte e se afastou, abafando os soluços. Eu crispei as mãos nas grades de ferro da cama, sobre as quais apoiei a testa ardente. E adormeci.

Acordei pela madrugada. A princípio com tranquilidade, e logo com obstinação, quis novamente dormir. Inútil, o sono esgotara-se. Com precaução, acendi um fósforo: passava das três. Restavam-me, portanto, menos de duas horas, pois o trem chegaria às cinco. Veio-me então o desejo de não passar nem uma hora mais naquela casa. Partir, sem dizer nada, deixar quanto antes minhas cadeias de disciplina e de amor.

Com receio de fazer barulho, dirigi-me à cozinha, lavei o rosto, os dentes, penteei-me e, voltando ao meu quarto, vesti-me. Calcei os sapatos, sentei-me um instante à beira da cama. Minha avó continuava dormindo. Deveria fugir ou falar com ela? Ora, algumas palavras... Que me custava acordá-la, dizer-lhe adeus?

Ela estava encolhida, pequenina, envolta numa coberta escura. Toquei-lhe no ombro, ela se moveu, descobriu-se. Quis levantar-se e eu procurei detê-la. Não era preciso, eu tomaria um café na estação. Esquecera de falar com um colega e, se fosse esperar, talvez não houvesse mais tempo. Ainda assim, levantou-se. Ralhava comigo por não tê-la despertado antes, acusava-se de ter dormido muito. Tentava sorrir.

Não sei por que motivo, retardei ainda a partida. Andei pela casa, cabisbaixo, à procura de objetos imaginários, enquanto ela me seguia, abrigada em sua coberta. Eu sabia que desejava beijar-me, prender-se a mim, e, à simples ideia desses gestos, estremeci. Como seria se, na hora do adeus, ela chorasse?

Enfim, beijei sua mão, bati-lhe de leve na cabeça. Creio mesmo que lhe surpreendi um gesto de aproximação, decerto na esperança de um abraço final. Esquivei-me, apanhei a maleta e, ao fazê-lo, lancei um rápido olhar para a mesa (cuidadosamente posta para dois, com a humilde louça dos grandes dias e a velha toalha branca, bordada, que só se usava em nossos aniversários).

(In *Os gestos*. 2. ed. São Paulo, Moderna, 2003.)

DALTON TREVISAN

Quarto de hotel

Os pardais o acordam de manhã. "Malditos!" gemendo, enterra a cabeça no travesseiro. Malditos pardais — o dia: mais um dia. Quietinho, morde o lençol, abafa os gritos: "Não acordei, estou dormindo. Não são os pardais, mas os grilos..." Quem dera esganar todos os pardais da cidade.

Cabeça nas mãos, repete sempre — "São os grilos, eis que são os grilos". Em vez de abrir a janela, acende a luz.

Onde a coragem de enfrentar o espelho? Sobreviveu ao pior: já faz a barba. Não mais ver aquela cara e, coçando o queixo, interroga-se: "Para quê?" O espelho nunca deu a resposta. Resiste aos dias, com ódio dos pardais. Ah, não piassem com tanta alegria, quem sabe o sol deixe de nascer.

O queixo ensaboado, xinga-se em voz baixa: “Por que não morre?” Ao frio da navalha, os dedos tremem. Alcança a garrafa, bebe no gargalo. Dos olhos escorrem gotas de amargura, nem sequer lágrimas.

No canto do espelho o retratinho da filha, única maneira de aceitar o próprio rosto. Termina de se barbear e vem-lhe a tentação, nunca antes. De cara limpa, se alguém trouxer Mariinha... Larga a navalha sobre a pia — menor que seja o corte uma sangueira no pescoço.

Havia meses, não sabe quantos, uma discussão com a mulher, isolou-se naquele hotel. Dia seguinte viria suplicar que voltasse... Em vez, mandou-lhe a roupa. Ali está e não transfere camisa e cueca para as gavetas. Não abre a janela nem esvazia a mala. Sai para o emprego, dele para os bares. Último no escritório, debruçado à mesa, a nuca se arrepia com umas patinhas de aranha: o ódio da mulher.

Primeiros dias a todo instante consulta o relógio. Até que se lembra: não tem mais pressa. Inútil, não lhe dá corda, preso cada manhã ao pulso — nada que fazer. À sombra das árvores ao bar mais próximo. Tudo parece bem enquanto não se interroga: “Que estou fazendo aqui? Onde a minha casa, Senhor? Que é de minha filha?” Agarra-se aos amigos, um por um se vão. Para todos uma casa a que voltar.

Para ele o quarto de hotel, o elevador caindo no fundo do poço. Discute com os parceiros até que mudam de bar. Sem entender, apega-se a um e outro. Não o deixem só. Não fique só, não terá de pensar.

Bebe e, mais que beba, não menor a aflição. Nunca lê o jornal sobre a mesa, o mundo deixou de interessá-lo. Moscas lhe pousam na mão, sem que as espante. Fixa o retrato de Mariinha, já não pode chorar. Muito esforço, os olhos mal se umedecem — nem uma gota. No bolso um sapatinho de tricô e, em desespero, aperta-o na mão. Assim foi salvo dos dias e da pena de si mesmo.

Conversa pelo telefone com a filha, às vezes a mulher atende: nem uma palavra, um conhece o silêncio do outro. A babá lhe traz a filha na praça. Tão querida e, assustando-a, molha de lágrimas o cabelo. *Lágrima de bêbado...* — diz a mulher. Segue-a uma tarde na rua (mais bonita, dona separada bem se enfeita), não se aproxima: dar-lhe a mão é alisar um sapo. Já trabalha o espírito de Mariinha contra ele, pai ingrato... Perdido no banco de praça, volta-se para a menina, ali o adorando, entre duas lambidas no pirulito: *Cachacinha, não é, pai?* — olho fechado, não sabe piscar um só — *De mentira, não é, paizinho?*

Noite velha, rondando a casa, a janela do seu quarto. Certa vez iluminada... A filha doente? A mulher, implacável, deixa-a chorar. Não permite durma de luz acesa, o anjinho medroso da escuridão. Dele se vinga na filha... No retrato, a expressão triste da órfã, quando uma colega pergunta na escola — *Não tem pai, guria?*

Seu caminho do hotel ao emprego, dele ao primeiro bar, desse a outro bar, até que todos os bares se fecham — está só. Nunca mais se embriagou, poupado para sorte pior.

Desde que perdeu o sono, evita se recolher. Mais que bebesse, assim que volta para o quarto e estende-se na cama, os olhos se recusam a dormir. (O sono de repente no bar e cochila sentado, a cabeça na mesa.) Ouve o elevador, chinelos em direção ao banheiro. Tosse da gorducha do 42, pigarro do velho do 49, estrondo das portas. Na penumbra a mala sobre a cadeira. Gavetas do camiseiro vazias. Trocando de roupa, abre e fecha a mala, ainda de viagem. Guardasse as camisas na gaveta, abandonada a última esperança.

Se adormece, preso no elevador. Entra, apertado entre os hóspedes. Cada um diz o andar e a gaiola, em vez de subir, põe-se a descer. Afrouxa a gravata, o elevador não tem respiradouro. Ficou só, os outros se foram, nem percebeu. Inútil o botão vermelho de alarma, a jaula não para, ao fundo negro do poço...

Acorda, não o seu grito, mas o de Mariinha: *Pai! Paizinho!* De pé, no meio do quarto, o tapete de letras verdes — Lux Hotel. Bate a cabeça na parede: a hora de cobrir a filha ou dar-lhe a chupeta que, olhinho fechado, tateia sem achar. Acende a lâmpada: se a menina ao longe desperta, eis uma luzinha no mundo...

Renuncia a dormir, desde que ela em sossego. Olho aberto, não sonha com o ascensor.

Despede-se do retratinho e, mesmo sem fé, reza para morrer aquela noite. Nunca mais ouça os pardais. Dente mole na gengiva, insiste numa frase: "Ilha é uma porção de terra cercada..." Ao menos ficar louco — e outra, dezena de vezes: "Ora, direis, ouvir estrelas. Ora, direis, ouvir..."

Cambaleia pelas ruas, arrasta os pés, tão cansado. Sob a chuva não interrompe a marcha nem apressa o passo. Volta ao hotel, sabe o que o espera. Encosta a cabeça no travesseiro, pronto o rangido da gaiola. Que estranho passageiro transporta à noite, quando todos dormem? Algum hóspede, caixeiro-viajante... Em vão se ilude: no elevador, para o mais fundo, lá vai ele, sozinho. Nem bem fecha o olho, ouve os pardais. Depressa repete não são os pardais, mas os grilos. Não os pardais, mas os grilos.

(In *Novelas nada exemplares*. Rio de Janeiro, Record, 1959; 6. ed. revista, 1979.)

CLARICE LISPECTOR

Uma amizade sincera

Não é que fôssemos amigos de longa data. Conhecemo-nos apenas no último ano da escola. Desde esse momento estávamos juntos a qualquer hora. Há tanto tempo precisávamos de um amigo que nada havia que não confiássemos um ao outro. Chegamos a um ponto de amizade que não podíamos mais guardar um pensamento: um telefonava logo ao outro, marcando encontro imediato. Depois da conversa, sentíamo-nos tão contentes como se nos tivéssemos presenteado a nós mesmos. Esse estado de comunicação contínua chegou a tal exaltação que, no dia em que nada tínhamos a nos confiar, procurávamos com alguma aflição um assunto. Só que o assunto devia de ser grave, pois em qualquer um não caberia a veemência de uma sinceridade pela primeira vez experimentada.

Já nesse tempo apareceram os primeiros sinais de perturbação entre nós. Às vezes um telefonava, encontrávamo-nos, e nada tínhamos a nos dizer. Éramos muito jovens e não sabíamos ficar calados. De início, quando começou a faltar assunto, tentamos comentar as pessoas. Mas bem sabíamos que já estávamos adulterando o núcleo da amizade. Tentar falar sobre nossas mútuas namoradas também estava fora de cogitação, pois um homem não falava de seus amores. Experimentamos ficar calados — mas tornávamo-nos inquietos logo depois de nos separarmos.

Minha solidão, na volta de tais encontros, era grande e árida. Cheguei a ler livros apenas para poder falar deles. Mas uma amizade sincera queria a sinceridade mais pura. À procura desta, eu começava a me sentir vazio. Nossos encontros eram cada vez mais decepcionantes. Minha sincera pobreza revelava-se aos poucos. Também ele, eu sabia, chegara ao impasse de si mesmo.

Foi quando, tendo minha família se mudado para São Paulo, e ele morando sozinho, pois sua família era do Piauí, foi quando o convidei a morar em nosso apartamento, que ficava sob a minha guarda. Que rebuliço de alma. Radiantes, arrumávamos nossos livros e discos, preparávamos um ambiente perfeito para a amizade. Depois de tudo pronto — eis-nos dentro de casa, de braços abanando, mudos, cheios apenas de amizade.

Queríamos tanto salvar o outro. Amizade é matéria de salvação.

Mas todos os problemas já tinham sido tocados, todas as possibilidades estudadas. Tínhamos apenas essa coisa que havíamos procurado sedentos até então e enfim encontrado: uma amizade sincera. Único modo, sabíamos, e com que amargor sabíamos, de sair da solidão que um espírito tem no corpo.

Mas como se nos revelava sintética a amizade. Como se quiséssemos espalhar em longo discurso um truísmo que uma palavra esgotaria. Nossa amizade era tão insolúvel como a soma de dois números: inútil querer desenvolver para mais de um momento a certeza de que dois e três são cinco.

Tentamos organizar algumas farras no apartamento, mas não só os vizinhos reclamaram como não adiantou.

Se ao menos pudéssemos prestar favores um ao outro. Mas nem havia oportunidade, nem acreditávamos em provas de uma amizade que delas não precisava. O mais que podíamos fazer era o que fazíamos: saber que éramos amigos. O que não bastava para encher os dias, sobretudo as longas férias.

Data dessas férias o começo da verdadeira aflição.

Ele, a quem eu nada podia dar senão minha sinceridade, ele passou a ser uma acusação de minha pobreza. Além do mais, a solidão de um ao lado do outro, ouvindo música ou lendo, era muito maior do que quando estávamos sozinhos. E, mais que maior, incômoda. Não havia paz. Indo depois cada um para seu quarto, com alívio nem nos olhávamos.

É verdade que houve uma pausa no curso das coisas, uma trégua que nos deu mais esperanças do que em realidade caberia. Foi quando meu amigo teve uma pequena questão com a Prefeitura. Não é que fosse grave, mas nós a tornamos para melhor usá-la. Porque então já tínhamos caído na facilidade de prestar favores. Andei entusiasmado pelos escritórios dos conhecidos de minha família, arranjando pistolões para meu amigo. E quando começou a fase de selar papéis, corri por toda a cidade — posso dizer em consciência que não houve firma que se reconhecesse sem ser através de minha mão.

Nessa época encontrávamo-nos de noite em casa, exaustos e animados: contávamos as façanhas do dia, planejávamos os ataques seguintes. Não aprofundávamos muito o que estava sucedendo, bastava que tudo isso tivesse o cunho da amizade. Pensei compreender por que os noivos se presenteiam, por que o marido faz questão de dar conforto à esposa, e esta prepara-lhe afanada o alimento, por que a mãe exagera nos cuidados ao filho. Foi, aliás, nesse período que, com algum sacrifício, dei um pequeno broche de ouro àquela que é hoje minha mulher. Só muito depois eu ia compreender que estar também é dar.

Encerrada a questão com a Prefeitura — seja dito, de passagem, com vitória nossa — continuamos um ao lado do outro, sem encontrar aquela palavra que cederia a alma. Cederia a alma? Mas afinal de contas quem queria ceder a alma? Ora essa.

Afinal o que queríamos? Nada. Estávamos fatigados, desiludidos.

A pretexto de férias com minha família, separamo-nos. Aliás, ele também ia ao Piauí. Um aperto de mão comovido foi o nosso adeus no aeroporto. Sabíamos que não nos veríamos mais, senão por acaso. Mais que isso: que não queríamos nos rever. E sabíamos também que éramos amigos. Amigos sinceros.

(In *A legião estrangeira*. Rio de Janeiro, Editora do Autor, 1964.)

RICARDO RAMOS

Matar um homem

Nas tardes de sábado, como não se trabalha, acontecem coisas menos pacíficas.

Há um comício feminino, a que alguns homens assistem, para ver suas mulheres em fúria sagrada, cruzada, civicamente boicotando o empoeirado comércio local.

Há um grupo de escoteiros passando a caminho da estação, os meninos com espinhas e o chefe encorpado, suas fitas, seus emblemas, o ar saudável e burro, no entanto grisalho feito um homem.

Há uma enfermeira de plantão estudando inglês, um pederasta que apanha e chora, um bêbado estendido em cruz na calçada. O pastor, o guarda, o médico, todos olham e não dizem nada.

Esperam a noite, com as suas estrelas e o seu jasmim, talvez um inesperado sangue. Mas é apenas a tarde, quatro e meia da tarde. Torva, suada. Quando ainda se contavam as crianças, havia no subúrbio vinte mil em idade escolar. Um terço de pretos e mulatos, os outros dois quase brancos. Eles continuam cantando hinos, escrevendo seus nomes nas carteiras, aprendendo que Deus existe e brasileiro se fez, a pátria é o céu azul, e a família cabe inteira na fotografia do ambulante. Amanhã, a lição ficará um pouco desbotada. E talvez por isso mais lembrança.

A tarde, entretanto, é morna como um bicho vivo. Selvagem também. Arranha, uiva, nos sons que um rádio acelera sobre as calçadas, canto fanhoso, insistência aloucada e estrangeira.

Adalgisa se levanta acalorada e deixa o noivo na varanda, entra para ir ao banheiro. Ele fica se endireitando, cearense e feio, há oitenta mil no Rio de Janeiro, muitos se arrumando, suando a fumar, noivando em subúrbio, Edmílsons de Melo, mais ou menos.

Horizonte que se estreita, para além das árvores, e aponta uma nesga de cimento recortada contra o céu. Os edifícios vão em direção ao centro da cidade. Desenho baço, que Edmílson olha sem ver. Está lembrando, querendo o blusão de couro, escuro quase negro, com fecho e tachas prateadas, o fino do bonito na vitrina da Rua Larga. Mas devia ser caro, muito, para mais de vinte mil. Também não fazia mal, esperava, era bom que até lá passava o calor.

Apaga o cigarro, a brasa contra a sola do sapato. Adalgisa voltando. Será que viu o gesto displicente, estudado, igualzinho ao daquele sujeito no filme de televisão? Vai aprendendo, sim. Vai ficando um homem diferente, moderno, vai aprendendo umas coisas.

Péssimo é Adalgisa de novo gripada. Ninguém diria, vendo aquela saúde de formas, que andasse na tosse e no lenço. Por causa disso agora se afastando, sem querer nada.

— Bobagem, se chegue.

Ela insistia que não, é anti-higiênico. Ele então concorda, deixa pra lá, não pense que ignora. Vai aprendendo. Lera numa revista, *Seleções*, que mulher fica mais gripada que homem. Será verdade? Deve ser, ora, isso e tudo mais.

Adalgisa está afastada, Edmílson tem um ar distante. Os dois avulsos, olhando a tarde cinzenta, apesar do sol. No muro fronteiro, fita amarela, meio que apagaram um letreiro a piche. Ainda se pode ver que fora irregular e a favor de Cuba. A favor ou contra, duvida Edmílson. O avô dizia: se eu fosse governo, encostava essa cambada na parede e passava fogo. Isso é que é falar, merecia.

Vai aprendendo coisas. Natação e judô, para fazer figura na praia de Ramos; um pouco de escrituração, que precisa fazer carreira na companhia. Sabe se apresentar, sabe usar os talheres, já aguenta uma hora de conversação. Variada. Agora tem suas opiniões, sua maneira de dizer. Tarde e subúrbio, aquela agonia de calor, de música, o muro, a poeira, uma luta invisível.

— Vamos ao cinema hoje?

Ele se volta para Adalgisa, encolhe os ombros:

— Tem algum filme bom?

— Deve de ter.

Edmílson sorri superior, mas não diz nada. Deve de ter é burrice, não se fala assim, aprendeu faz tempo. Ainda no Norte. Mas Adalgisa não desconfia, ele cansou de corrigir, ainda será capaz de se habituar.

— No Penha tem um de iê-iê.

— É? Se quiser.

— Mas você está sem vontade…

Sem vontade mesmo. Não do calor nem da poeira, talvez do muro amarelo, ali fechando a vila, três casas de um lado, o pequeno largo depois, nos fundos, então a casa maior. Com varanda também. Melhor do que esta, mais ampla, que serventia pode ter um grande alpendre? Para sentar-se à poltrona, de paletó de pijama, bastava um dois por três, era metro de sobra. Até melhor, mais íntimo. Diabo é que Adalgisa não acha isso, agora não acha, fica pra lá. Então prega os olhos no muro, amarelo parado, e vem aquele sentir-se de gaiola, a bem dizer preso.

O alto-falante para os lados da igreja. Palavras que não se percebem, brigando com o rádio na música rasgada. O crescer de sons, contra a tarde e o muro, faz mal a Edmílson. Ele se chegando a Adalgisa, que o afasta:

— Olhe seu Valdir.

Era o vizinho do lado, aparecido no arremedo de jardim, uma ilha de verde no cimento quebrado.

Seu Valdir paletó de pijama acabou de fazer a sesta. Couve com feijão, cerveja, sábado não se dá por menos. Na porta da frente, o número 1927. Para Edmílson, tudo que via dos anos vinte, antes de ele nascer, era antiguidade, cinema mudo. Seu Valdir também não falava, reformado estava, velhíssimo tenente de marinha, qualquer coisa assim como fuzileiro, qualquer coisa.

Vizinhança é o fim. Casa de vila, uma grudada na outra, o muro defronte, onde se vai parar nesse trem de vida, viver nesse engradado? Nem conversar direito se pode, nem isso nem nada. O padre no alto-falante com voz fina diz: vinde todos. Vinde é um jeito bonito de falar, pena que não se usa. Não cabe em lugar nenhum, na vila, na varanda, na tarde meio que triste. Apesar do rádio guitarra, seu compasso insistindo que é jovem, acabou-se a poeira, o calor, apagou-se o número 1927.

— Seu Valdir está dizendo um negócio aí.

Levantou-se, um passo no caminho do portão.

— Tem um barulho na casa do fundo.

Suspeitoso. E no mesmo tom ciciado, os dentes um tanto soltos:

— O povo de lá está pra fora. Não devia ter ninguém, mas tem. Ouvi vozes.

Edmílson abriu o portão, foi para a calçada. Ladrão se corre atrás, se corre até cansar, até que ele pare e entregue o chapéu que roubou. Também porta-chapéus não devia ficar tão na rua, logo de entrada, e ainda com janela aberta por causa do calor. Uma vez, acompanhando o pai, correra menino pra lá do trilho do bonde, no outro lado do bairro, vergel é que era.

— Melhor buscar o revólver.

Seu Valdir entrou, ele ficou ali esperando. Bestando. Pra que arma, que história! Na outra casa nada, tudo calmo, um calor pasmado. E Adalgisa sem se mexer, feito quadro pintura.

— Pra que revólver? — ela disse.

Ele não respondeu nada. Não acreditava, não devia ter ninguém lá. Tinha era na outra casa, a terceira, onde morava seu Bastos. Que estava saindo, já na rua e perguntando o que é. Explicaram.

— Na casa da mulher?

Era sim. Com o alto-falante da igreja, ressoando na tarde, os discos do rádio se aquietavam fanhosos, mais baixos, cada vez mais. Ou não queria mais ouvi-los? Edmílson dizia que sim, que era, na casa da mulher. Como se ela não tivesse marido. Ela como se fosse sozinha, o *tailleur* preto, a bolsa grande, passando toda boa e pintada, de carro ainda novo. Ela que trabalhava no Catete. Por isso a casa maior, a última, de frente para o larguinho que terminava a vila, um picadeiro de cimento. O marido, vagamente atrelado, não era não.

Seu Valdir de volta, o volume do revólver no bolso da calça. Tomada rápida de posição, os três ali, conferência. E foram ver.

Pisando o calor suburbano, Edmílson vai pelo passeio ao longo do muro. Ele e os outros, vão todos calados. Meio que fita de cinema, ruazinha do oeste, andando com o silêncio para o duelo.

Na varanda chegaram, depois de passar o portão. Viraram o trinco de macio, porta aberta. Entraram em fila e se abriram em leque, igualzinho guerra, seu Valdir fuzileiro.

Casa vazia e remexida. Ladrão mesmo, acreditaram vendo as gavetas, coisas viradas, desarrumadas, pelo chão. E estavam nisso acreditando, quando ouviram o barulho de leve, se arrastando e passando, pela área do lado. Correram de volta e a tempo, pararam na entrada olhando.

Eram dois. Um moreno, cabelos grandes e ondulados, calção de banho, medalhinha de corrente, chinelos de borracha. O outro agateado e mofino, olho azul, quase uma criança. Os dois crianças, muito, um aí por volta dos vinte, se tanto, o outro ainda menos.

Mas ferozes, pareceu a seu Valdir de revólver na mão. Pena que não pudesse barrar o caminho, a saída, eles iam se arrastando colados à parede, as mãos para trás raspando a caliça, como se equilibrando, se escorregando, do portão já estavam perto. Por isso levantou o revólver apontando, não dessem mais um passo, iam ver. Aí o lourinho falou:

— Olhe... Eu sou de menor.

Eles ficaram calados, os três um instante calados, e naquele momento em que até o alto-falante silenciou, nem a voz do padre se ouvia, o lourinho repetiu:

— Sou de menor, viu? Eu não fiz nada.

E bem não disse, já tinha fugido. Ele e o outro, o da medalhinha, os dois correndo portão afora, naquele jeito fácil, elástico, de bicho. Acompanhar não era brinquedo, três homens não podem fazer o mesmo que dois meninos, rapazes, ainda mais assim de surpresa. Quinze metros, vinte, uma dianteira. Passaram a saída da vila, ganharam a rua. Seu Valdir danou-se e deu um tiro pra cima. Então Edmílson reparou que tinham gritado, feito escarcéu, e o povo aparecera, havia umas pessoas atarantadas, desparceiradas, soltas por ali. Bom que viessem, cortavam a retirada dos dois maloqueiros.

— Pra onde foram? — gaguejou seu Bastos, ofegante e dificultoso.

Alguém apontou. Um entrara no prédio em frente, pelo oitão livre.

— É na padaria. Não tem saída.

Não tinha não. E ainda mais seu Manuel morava lá, estava nos cômodos de cima, ganhavam ajuda. Cerca daqui, vai por ali. Edmílson pulou um monte de paralelepípedos, cruzou uma fossa aberta, obras de prefeitura, e foi entrando devagar, seu Valdir logo atrás. Gritos. Seu Manuel, grisalho e gordo, botou a cabeça na janela. Perguntou e admirou-se, onde já se viu roubo com esta luz do dia? Descaração. Foi descendo, era um minuto.

Voltaram, ficaram na calçada, na rua. Mais gente. Mais vozes. E no ajuntamento, na conversa ainda em sobressalto, crescia o nervoso da espera. Junto com o povo que chegava, homens, sábado não se tem o que fazer, esse rolo, esse bolo de rua engrossando. Alguém catou uma pedra. Menor, mais redonda, não as de calçamento que se arrumavam trincheira ao longo do conserto. Outros procuraram as suas. Não encontraram pequenas, pegaram maiores. Deu para todos.

Seu Manuel veio de casa, veio vindo. Camisa de meia, sorriso esquerdo, de surpresa. E já de fora, gordo gritou. Que saísse. Com seus gritos as vozes se misturaram, gritando também, uma algazarra. Que saísse, não ficasse entocado. Um instante, como por encanto, o escarcéu parou. E de novo rompeu, uma coisa tal qual ensaiada.

A pedrada no portão, o som fofo e o eco ondeando estridente. Todos pararam de gritar.

Seu Valdir reparou que tinha guardado o revólver, estava de mãos abanando. Aquela zoeira de ouvidos moucos, de repente devolvidos ao silêncio, seu Bastos perguntou um troço que Edmílson não entendeu. Nem notou que rolava uma pedra, mão esquerda, mão direita, esse brinquedo que se faz maquinal.

— Olha ele!

Edmílson estava olhando, já tinha visto. Era o maior, o de calção de banho e medalhinha no pescoço, cabelo grande. As chinelas de borracha vinham batendo caladas pelo chão. Andar esquivo, escorregando, na maciota. O peito nu, moreno e liso, os músculos bulindo embaixo da pele, se mexendo devagar, naquele ondular de gato. Coisa de se ficar olhando, parado em silêncio. Como todos estavam.

Foi aí que ele chegou ao portão. Chegou e se endireitou, de repente aumentando, feito gente. Um momento quieto, encarando o povo. Então passou a mão entre as barras, pegou o ferrolho, nem se ouviu o rangido quando se abriu, a grade escancarada, uma boca aberta ali defronte. Ele já na calçada. Os braços caídos, não muito, assim de balanceado, meio suspensos. E justo na hora o alto-falante de novo, chiando a voz do padre, pastor, chicoteando. O rapaz se encolheu, como se atingido e logo desequilibrado. Segundos, se tanto. Distendeu-se, deu um passo, outro, foi pra lá, veio para cá, olhando em volta, querendo achar um caminho de sair, fugir, o mundo de caras fechando não deixava, o sermão esganiçando marcava um compasso doido, se estreitando a calçada e ele de repente enjaulado. Novamente um bicho.

Bicho se acua, aos gritos. E se rasgou o alarido, onda subindo e arrebentando, uma exageração. Pega, ecoou seu Valdir. Cerca, foi Edmílson no berro sem dono, tanto de repetição. Não dá vez, não pode. Não mais vaga, muralha crescendo, vagalhão de arrasto. Quem segura o homem?

Bicho se caça, a pau e pedra. Houve uma primeira, que não acertou, que seu Bastos viu e contou depois. Bateu longe, muito pra cima. Mas a segunda pedrada acertou. No ombro. O rapaz segurou a parte ofendida com um espanto arregalado. Veio uma outra, que tirou sangue, na testa. Edmílson recuou, pensou que fossem parar. Aquilo um massacre. Foi o contrário. Outra pedra, e mais, muitas. O alto-falante não emudecera, a voz de Deus continuava, somente as pessoas estavam caladas. O rapaz era sangue e pavor. Edmílson nem reparou, jogou a sua também, o tiro e a mancha vermelha, filme colorido, sua ou de outro? Pedra contra bicho, bicho contra bicho. Muitos bichos. O bicho contra a parede, alvejado, se esvaindo, se abatendo, caindo no chão.

Alguém chegou e o empurrou com o pé. Não se mexeu, desfalecido estava. Ou morto? Seu Valdir ciciou que era bem possível. Reparasse no sangue, muito, no desconjuntado.

— Esse não entra mais em casa de ninguém.

Não entrava não. Estava acabado, se não estivesse era lição de não esquecer. Morto, é o que eu digo. Também acho, olhe o jeito, não me engano. Seu Bastos comentando. Os outros balançando a cabeça, é isso, está morto o homem. Era menino, rapaz, agora homem. Está morto. Não se mata criança, de medalhinha no pescoço. Um homem, de calção de banho e sandálias japonesas. Morreu.

A viatura da polícia. De repente apareceu, branca e preta, olho luminoso. O povo foi abrindo lugar, refluindo receoso, quase dispersando. Os homens desceram, o mulato chegou-se ao corpo, ficou examinando um pouco a massa avermelhada, a seguir voltou-se, perguntou:

— Quem foi? Quem viu?

A voz era um tanto aflautada. Ninguém respondeu, não se disse nada. Ele insistiu. Seu Manuel gordamente informou.

— E todos jogaram pedra?

Não todos, quase, muitos jogaram. Quem viu? Já sabem, nós precisamos de testemunhas. Aí é que está, a bem dizer não vi nada, sabe como são essas coisas. Edmílson também não vira, como se pode afirmar foi aquele, não foi... Gente por aí. Fizeram o sarilho, foram saindo, outros foram chegando. Não se pode saber.

— Nunca se vê. Ninguém sabe, nunca se sabe.

O tom do polícia era desprezo, era desfeita, ele por cima dos outros. Suadamente. Para desfazer aquela impressão, seu Bastos falou da casa, do roubo. O mulato fez que sim, autoridade, e mandou um dos guardas até lá, dar uma olhada vistoria. E o homem no chão? Lusco-fusco, horizonte avermelhado, mas aqui sem claridade, boca da noite, só sombras. Não era para levar.

— Esse não fala mais.

Estranhamente a voz séria, limpa. Ele não queria dizer nada além, somente aquilo. Os outros então caíram em si. Não era eu penso, eu acho ou parece, era verdade mesmo. Estava morto. Ali na calçada, os pés subitamente crescidos, o dedo maior saindo entre as tiras da sandália, escuro, tensamente levantado. Alguém teve uma náusea breve. Alguém lamentou baixo, ô diabo. Alguém de sentimento mais delicado lembrou, com desencanto, a índole pacífica do nosso povo. Mas Edmílson não sentia nem pensava, calado ficou, olhando brutamente o rapaz estendido.

— O rabecão demora sempre.

Enquanto ele não vinha, apareceram um jornal e uma vela. O jornal se desdobrou sobre o rosto do morto. A vela se acendeu, pela mão do homem calvo, junto ao morto. E, àquela luz fraca, o morto se fez mais apagado, mais anônimo, e a todos pareceu que a cena ganhava uma realidade menor.

Porque de repente empobreceu, encardiu. A vela era um fósforo, tremia desbotada, ia acabar-se também.

Edmílson não ficou mais. Foi saindo em silêncio, devagar se afastando e revendo, outro morto que deixara para trás havia muitos anos, picado de faca, fechado dentro da rede, balançando encarnado, tipoia, final, um estremeção na lembrança. Achara horrível o andor pela estrada. E agora não achava?

Durante a semana, quando se trabalha, os trens correm aloucados pelas sete vias sob a ponte da estação.

Há um desastre de tempos em tempos, que os jornais com destaque publicam, mostrando as ferragens, os corpos, nomes e rostos deitados na poeira à margem dos trilhos.

Há um suicídio por amor e outro por fome, todas as horas, a moça que ateia fogo às vestes, que bebe cianureto, o rapaz que se joga embaixo do ônibus, que a bala atenta contra a existência, e os muitos homens e mulheres, humildes, indigentes no seu tresloucado gesto.

Há uma difusa morte diária, pelas ruas e morros, os que são encontrados já velhos e têm um vago ar de mistério, os que nos temporais pisam em fios ou vão na enxurrada, os que se perderam em rixa, mal súbito, queda de andaime. O padre, o delegado, o interno da ambulância, todos fazem o seu registro: em gênero, em número, em palavras.

A noite já veio, com as suas estrelas e o seu jasmim, o seu renovado sangue. Edmílson vai ao encontro de Adalgisa. Ela está gripada, ele está sozinho. Não há mais rádio, nem alto-falante para os lados da igreja, apenas o silêncio ficou no muro em frente à vila. É a hora do ajantarado. Depois eles precisam descobrir um cinema, uma árvore, um canto de galo, alguma coisa que embale e adormeça.

(In *Dez contos escolhidos*. São Paulo, Martins, 1970.)

WANDER PIROLI

Lá no morro

Avistei-o subindo o morro. Mamãe estava junto ao fogareiro. Corri alarmado para avisá-la: "Papai envém aí". Ela me espetou os olhos apagados e os lábios se moveram lentamente. Não disse nada.

Papai atravessou a porta em silêncio e ao invés de chutar o tamborete arredou-o de leve. Observou-me num relance. Depois olhou mamãe, que estava de costas, e deixou-se cair no tamborete. A cabeça pendeu sobre o caixote como se se tivesse desprendido do corpo. Não exalava cachaça, desta vez. Surpreendi-me avançando na sua direção. Parei perto do caixote com as pernas trêmulas, e, antes que eu percebesse, meus dedos já tocavam o ombro de papai.

Mamãe permanecia imóvel junto ao fogareiro, como se esperasse que a mão pesada a atingisse a qualquer momento. Angustiava-me um sentimento doloroso por papai: era como se o estivesse descobrindo sob a camada de violência, e agora ali restasse não apenas meu pai, mas a própria criatura humana. Olhei para mamãe. E gritei-lhe desesperadamente "Mamãe!" sem que ao menos tivesse necessidade de abrir a boca.

Afinal mamãe se voltou com o prato de comida e viu minha mão pousada no ombro de papai. Colocou o prato no caixote, perto da cabeça de papai. Ele continuou quieto, a respiração funda e descompassada. Mamãe acendeu a lamparina, e a claridade arredou as primeiras sombras da tarde para os cantos do cômodo. Em seguida, mamãe preparou a minha marmita e por último o seu prato e ambos nos sentamos, eu no chão e ela no outro tamborete.

O arfar intenso de papai doía no silêncio. Olhei mamãe. Mamãe me olhou e disse:

— Come.

Depois fitou papai, de esguelha, e levou até a boca uma pequena porção de arroz. Mas teve logo que deixar o garfo de lado para conter o acesso de tosse com a mão. Papai então levantou a cabeça, encarou-a com os lábios abertos. Seu rosto estava molhado de suor. Abaixou os olhos para mim, fungando, e deixou a cabeça pender novamente sobre o caixote.

Ouvimos passos no quintal. Três homens saltaram dentro do barraco e um deles arrancou a cortina que dividia o cômodo. Antes que o coração me socasse o peito e mamãe imobilizasse o garfo e papai erguesse a cabeça, tiraram-no do tamborete, torcendo-lhe os braços.

Papai não tentou reagir, sequer parecia surpreso. Era como se já estivesse esperando aquele momento. Nem ao menos olhou para os homens que o subjugavam. Fitava apenas mamãe, imóvel e fria do outro lado do caixote. Um dos homens levantou o punho e bateu-lhe seguidamente na cara. Com a boca ensanguentada, recebia as pancadas sem tirar os olhos de mamãe.

Levaram-no, os braços presos às costas. Os socos continuavam no quintal e eram mais nítidos quando pegavam na cara de papai. As batidas foram-se distanciando. Mamãe estava com a cabeça quase dentro do prato e as lágrimas escorrendo de seu rosto pingavam sobre o resto da comida. A marmita ainda tremia em minhas mãos e eu comecei a vomitar.

(In *A mãe e o filho da mãe*. 5. ed.
Rio de Janeiro, Nova Fronteira, 1985.)

JOÃO ANTÔNIO

Meninão do caixote

Fui o fim de Vitorino. Sem meninão do Caixote, Vitorino não se aguentava.

Taco velho quando piora, se entreva duma vez. Tropicava nas tacadas, deu-lhe uma onda de azar, deu para jogar em cavalos. Não deu sorte, só perdeu, decaiu, se estrepou. Deu também para a maconha, mas a erva deu cadeia. Pegava xadrez, saía, voltava...

E assim, o corpo magro de Vitorino foi rodando São Paulo inteirinho, foi sumindo. Terminou como tantos outros, curtindo fome quietamente nos bancos dos salões e nos botecos.

• • •

Na rua vazia, calada, molhada, só chuva sem jeito; nem bola, nem jogo, nem Duda, nem nada.

Quando papai partiu no G.M.C., apertei meu nariz contra o vidro da janela, fiquei pensando nas coisas boas de Vila Mariana. Eram muito boas as coisas de Vila Mariana. Carrinho de rodas de ferro (carrinho de rolimã, como a gente dizia), pelada todas as tardes, papai me levava no caminhão... E eu mais Duda íamos nadar todos os dias na lagoa da estrada de ferro. Todos os dias, eu mais Duda.

A gente em casa apanhava, que nossas mães não eram sopa e com mãe havia sempre uma complicação. A camisa meio molhada, os cabelos voltavam encharcados, difícil disfarçar e a gente acabava apanhando. Apanhava, apanhava, mas valia. Puxa vida! A gente tirava a roupa inteirinha, trepava no barranco e "tichbum" — baque gostoso do corpo na água. Caía aqui, saía lá, quatro-cinco metros adiante. Ô gostosura que era a gente debaixo da água num mergulhão demorado!

Agora, na Lapa, numa rua sem graça, papai viajando no seu caminhão, na casa vazia só os pés de mamãe pedalavam na máquina de costura até a noite chegar. E a nova professora do grupo da Lapa? Mandava a gente à pedra, baixava os olhos num livro sobre a mesa. Como eu não soubesse, o tempo escorria mudo, ela erguia os olhos do livro, mandava-me sentar. Eu suspirava de alívio.

É. Mas não havia acabado não. À saída, naquele meu quinto ano, ela me passava o bilhete, que eu passaria a mamãe.

— Trazer assinado.

Coisas horríveis no bilhete, surra em casa.

Se Duda estivesse comigo eu não estaria bobeando, olhando a chuva. A gente arrumaria uns botões, eu puxaria o tapete da sala, armaria as traves. Duda, aquele meu primo, é que era meu. Capaz de fazer trinta partidas, perder as trinta e não havia nada. Nem raiva, nem nada. Coçava a cabeça, saía para outra, a gente se entendia e recomeçava. Às vezes, até sorria:

— Você está jogando muito.

Mas agora a chuva caía e os botões, guardados na gaveta da cômoda, apenas lembravam que Duda ficara em Vila Mariana. Agora a Lapa, tão chata, que é que tinha a Lapa? E exatamente numa rua daquelas, rua de terra, estreita e sempre vazia. Havia também uma professora que lia o seu livro e me esquecia abobalhado à frente da lousa. Depois... O bilhete e a surra. É. Bilhete para minha mãe me bater, castigo, surra, surra. E papai que viajava no seu caminhão, e quando viajava se demorava dois-três meses.

Era um caminhão, que caminhão! Um G.M.C. novo, enorme, azul, roncava mesmo. E a carroceria era um tanque para transportar óleo. Não era caminhão simples não. Era carro-tanque e G.M.C. Eu sabia muito bem — ia e voltava transportando óleo para a cidade de Patos, na Paraíba. Outra coisa — Paraíba, capital João Pessoa, papai sempre me dizia.

Mamãe não gostava daquele jeito de papai, jeito de moço folgado, que sai e fica fora o tempo que bem entende. Também não gostava que ele me fizesse todos os gostos, pois estes ele fazia mesmo. Era só pedir. Papai vivia de brincadeira e de caçoada quando estava em casa, e eu o ajudava a caçoar de mamãe, do que ele muito gostava. Mamãe ia aguentando, com aquele jeito calmo que tinha. Acabava sempre estourando, perdia a resignação de criatura pequena, baixinha, botava a boca no mundo:

— Dois palermas! Não sei o que ficam fazendo em casa.

Papai virava-se, achava mais divertido. E sorríamos os dois.

— Ora, o quê! Pajeando a madame.

Eu achava tão engraçado, me assanhava em liberdades não dadas.

— Exatamente.

Então, o chinelo voava. Eu apanhava e papai ficava sério e saía. Ia ver o caminhão, ia ao bar tomar cerveja, conversar, qualquer coisa. Naquele dia não falava mais nem com ela, nem comigo.

Lá em Vila Mariana ouvi uma vez, da boca de uma vizinha, que mamãe era meio velha para ele e era até meio feia. Velha, podia ser. Feia, não. Tinha um corpo pequeno, era baixinha, mas não era feia.

Bem. O que interessa é que papai tinha um G.M.C., um carro-tanque G.M.C., e que enfiava o boné de couro, ajeitava-se no volante e saía por estas estradas roncando como só ele.

Mas agora era a Lapa, não havia Duda, havia era chuva na rua feia e papai estava fora. Lá na cidade de Patos, tão longe, de São Paulo... Lá num ponto pequenino, quase fechando na curva do mapa.

— Menino, vai buscar o leite.

Pararam os pés no pedal, parei o passeio do dedo na cartografia, as pernas jogadas no soalho, barriga no chão, onde estirado eu pensava num G.M.C. carro-tanque e no boné de couro de papai. Ergui-me, limpei o pó da calça. Uma preguiça...

— Mas está chovendo...

Veio uma repreensão incisiva. Mamãe nervosa comigo, por que sempre nervosa? Quando papai não estava, os nervos de mamãe ferviam. Tão boa sem aqueles nervos... Sem eles não era preciso que eu ficasse encabulado, medroso, evitando irritá-la mais ainda, catando as palavras, delicado, tateando. Ficava boçal, como quando ia limpar a fruteira de vidro da sala de jantar, aquele medo de melindrar, estragar o que estava inteiro e se faltasse um pedaço já não prestaria mais.

Peguei o litro e saí.

Na rua brinquei, com a lama brinquei. O tênis pisava na água, pisava no barro, pisava na água, pisava no barro, pisava na água, pisava no barro, pisava...

— Dá um litro de leite.

A dona disse que não tinha. Risinho besta me veio aos lábios, porque naquelas ocasiões papai diria: “E fumo em corda não tem?”

O remédio era ir buscar ao Bar Paulistinha, onde eu nunca havia entrado. Quando entrei, a chuvinha renitente engrossou, trovão, trovão, um traço rápido cor de ouro lá no céu. O céu ficou parecendo uma casca rachada. E chuva que Deus mandava.

— Essa não!

Fiquei preso ao Bar Paulistinha. Lá fora, era vento que varria. Vento varrendo chão, portas, tudo. Sacudiu a marca do ponto do ônibus, levantou saias, papéis, um homem ficou sem chapéu. Gente correu para dentro do bar.

O dono do bar convidava com o ferro na mão. Depois desceu as portas, bar cheio, os luminosos se acenderam, xícaras retinindo café quente, cigarros, conversas sobre a chuva.

No Paulistinha havia sinuca e só então eu notei. Pedi uma beirada no banco em volta da mesa, ajeitei o litro de leite entre as pernas.

— Posso espiar um pouco?

Um homem feio, muito branco, mas amarelado ou esbranquiçado, eu não discernia, um homem de chapéu e de olhos sombreados, os olhos lá no fundo da cara, braços finos, tão finos, se chegou para o canto e largou um sorriso aberto:

— Mas é claro, garotão!

Fiquei sem graça. Para mim, moleque afeito às surras, aos xingamentos leves e pesados que um moleque recebe, aquela amabilidade me pareceu muita.

O homem dos olhos sombreados, sujeito muito feio, que sujeito mais feio! No seu perfil de homem de pernas cruzadas, a calça ensebada, a barba raspada, o chapéu novo, pequeno, vistoso, a magreza completa. Magreza no rosto cavado, na pele amarela, nos braços tão finos. Tão finos que pareciam os meus, que eram de menino. E magreza até no contorno do joelho que meus olhos adivinhavam debaixo da calça surrada.

Seus olhos iam na pressa das bolas na mesa, onde ruídos secos se batiam e cores se multiplicavam, se encontravam e se largavam, combinadamente. A cabeça do homem ia e vinha. Quando em quando, a mão viajava até o queixo, parava. Então, seguindo a jogada, um deboche nos beiços brancos ou uma aprovação nos dedos finos, que se alongavam e subiam.

— Larga a brasa, rapaz!

A mão subia, o indicador batia no médio e no ar ficava o estalo.

Aquela fala diferente mandava como nunca vi. Picou-me aquela fala. Um interesse pontudo pelo homem dos olhos sombreados. Pontudo, definitivo. O que fariam os dedos tão finos e feios?

— Larga a brasa, rapaz!

Quando o jogo acabou o homem estava numa indignação que metia medo. Deu com o dedo na pala e se levantou.

— Parei com este jogo!

Eu já não entendia — aquilo se jogava a dinheiro. Bem. E por que ele dava o dinheiro se não havia jogado?

— Ô Vitorino, você quer café?

Um outro que o chamava, com o mesmo jeito na fala.

Vitorino. Para mim, o nome era igualzinho à pessoa. Duas coisas nunca vistas e muito originais. O homem dos olhos sombreados sorriu aberto. A indignação foi embora nos dentes pretos de fumo. O homem na sua fala sorriu e foi para o companheiro que o chamava, lá da ponta do balcão. Falou como se fizesse uma arte:

— Ô adivinhão!

Um prédio velho da Lapa-de-baixo, imundo, descorado, junto dos trilhos do bonde. À entrada ficavam tipos vadios, de ordinário discutindo jogo, futebol e pernas que passavam. Pipoqueiro, jornaleiro, o bulício da estrada de ferro. A entrada era de um bar como os outros. Depois o balcão, a prateleira de frutas, as cortinas. Depois das cortinas, a boca do inferno ou bigorna, gramado, campo, salão... Era isso o Paulistinha.

As tardes e os domingos no canto do banco espiando a sinuca. Ali, ficar quieto, no meu canto, como era bom!

Partidas baratas e partidas caras. Funcionavam supetões, palpitações e suor frio. Sorrisos quietos, homens secos, amarelos, pescoços de galinha, olhos fundos nas caras magras. Aqueles não dormiam, nem comiam. E o dinheiro na caçapa parecia vibrar também, como o taco, como o giz, como os homens que ali vibravam. Picardia, safadeza, marmeladas também. O jogo enganando torcidas para coleta das apostas.

Vitorino era o dono da bola. Um cobra. O jeito camarada ou abespinhado de Vitorino, chapéu, voz, bossa, mãos, seus olhos frios medidores. O máximo, Vitorino. No taco e na picardia.

Saía, fazia que ia brincar. Ficava lá no meu canto, procurando compreender. Os homens brincavam:

— Ô meninão!

Eu sorria, como que recompensado. Aquele dera pela minha presença. Um outro virava-se:

— Ô meninão, você está aí?

Meninão, meninão, meu nome ficou sendo Meninão.

• • •

Os pés de mamãe na máquina de costura não paravam.

Para mim, Vitorino abria uma dimensão nova. As mesas. O verde das mesas, onde passeava sempre, estava em todas, a dolorosa branca, bola que cai e castiga, pois o castigo vem a cavalo.

Para mim, moleque fantasiando coisas na cabeça...

Um dia peguei no taco.

• • •

Joguei, joguei muito, levado pela mão de Vitorino, joguei demais.

Porque Vitorino era um bárbaro, o maior taco da Lapa e uma das maiores bossas de São Paulo. Quando nos topamos Vitorino era um taco. Um cobra. E para mim, menino que jogava sem medo, porque era um menino e não tinha medo, o que tinha era muito jeito, Vitorino ensinava tudo, não escondia nada.

Só joguei em bilhares suburbanos onde a polícia não batia, porque era um menino. Mas minha fama correu, tive parceirinhos que vinham, vinham de muito longe à Lapa para me ver. Viam e se encabulavam. E depois carregavam nas apostas. Fama de menino-absurdo, de máximo, de atirador, de bárbaro. Eu jogando, as apostas corriam, as apostas cresciam, as apostas dobravam em torno da mesa. E os salões se enchiam de curiosos humildes, quietos, com os olhos nas bolas. Era um menino, jogava sem medo.

Eu era baixinho como mamãe. Por isso, para as tacadas longas era preciso um calço. Pois havia. Era um caixote de leite condensado que Vitorino arrumou. Alcançado altura para as tacadas, eu via a mesa de outro jeito, eu ganhava uma visão! Porque não se mostrasse, meu jogo iludia, confundia, desnorteava. Muitos não acreditavam nele. Também por isso rendia... E desenvolvia um jogo que enervava um santo. Jogo atirado, incisivo, de quem emboca, emboca, mas o jogo não aparece no começo. Vai aparecer no fim da partida, depois da bola três, quando não há mais jeito para o adversário. As apostas contrárias iam por água abaixo.

Porque me trepasse num caixote e porque já me chamassem Meninão...

Meninão do Caixote... Este nome corre as sinucas da baixa malandragem, corre Lapa, Vila Ipojuca, corre Vila Leopoldina, chega a Pinheiros, vai ao Tucuruvi, chegou até Osasco. Ia indo, ia indo. Por onde eu passava, meu nome ficava. Um galinho de briga, no qual muitos apostavam, porque eu jogava, ia lá ao fogo do jogo e trazia o dinheiro.

Lá ia eu, Meninão do Caixote, um galinho de briga. Um menino, não tinha quinze anos.

• • •

Crescia, crescia o meu jogo no tamanho novo do meu nome.

Tacos considerados vinham me ver, vinham de longe, namoravam a mesa, conversavam comigo, passavam horas espiando o meu jogo. Eu sabia que me estudavam, para depois virem. Viessem... Eu andava certo como um relógio. Não me afobava, Vitorino me ensinou. A gente joga para a gente, a assistência que se amole. E meu jogo nem era bonito, nem era estiloso, que eu jogava para mim e para Vitorino. O caixote arrastado para ali, para além, para as beiradas da mesa.

Minha vida ferveu. Ambientes, ambientes do joguinho. No fundo, todos os mesmos e os dias também iguais. Meus olhos nas coisas. O trouxa, a marmelada, o inveterado, traição, traição. Ô Deus, como... por que é que certos tipos se metiam a jogar o joguinho? Meus olhos se entristeciam, meus olhos gozavam. Mas havendo entusiasmo, minha vida ferveu. Conheci vadios e vadias. Dei-me com toda a canalha. Aos catorze, num cortiço da Lapa-de-baixo conheci a primeira mina. Mulatinha, empregadinha, quente. Ela gostava da minha charla, a gente se entendia. Eu me lembro muito bem. Às quintas-feiras, quatro pancadas secas na porta. Duas a duas.

Na sinuca, Vitorino e eu, duas forças. Nas rodas do joguinho, nas curriolas, apareceu uma frase de peso, que tudo dizia e muito me considerava.

— Este cara tá embocando que nem Meninão do Caixote!

Combati, topei paradas duras. Combati com Narciso, com Toniquinho, Quaresmão, Zé da Lua, Piauí, Tiririca (até com Tiririca!), Manecão, Taquara, com os maiores tacos do tempo, nas piores mesas de subúrbio, combati e ganhei. Certeza? Uma coisa ia comigo, uma calma, não sei. Eles berravam, xingavam, cantavam, eu não. Preso às bolas, só às bolas. Ia lá e ganhava.

• • •

Umas coisas já me desgostavam.

Jogava escondido, está claro. Brigas em casa, choro de mamãe. Eu não levantava a crista não. Até baixava a cabeça.

— Sim senhora.

Mas a malandragem continuava, eu ia escorregando difícil, matando aulas, pingando safadezas. O colégio me enfarava, era isto. Não conseguia prender um pensamento, dando de olhos nos companheiros entretidos com latim e matemática.

— Cambada de trouxas!

Dureza, aquela vida: menino que estuda, que volta à casa todos os dias e que tem papai e tem mamãe. Também não era bom ser Meninão do Caixote, dias largado nas mesas da boca do inferno, considerado, bajulado, mandão, cobra. Mas abastecendo meio mundo e comendo sanduíche, que sinuca é ambiente da maior exploração. Dava dinheiro a muito vadio, era a estia, gratificação que o ganhador dá. Dá por dar, depois do jogo. Acontece que quem não dá, acaba mal. Não custa à curriola atracar a gente lá fora.

Vitorino era meu patrão. Patroou partidas caríssimas, partidas de quinhentos mil réis. Naquele tempo, quinhentos mil réis. Punha-me o dinheiro na mão, mandava-me jogar. Fechava os olhos que o jogo era meu. E era.

— Vai firme!

Às vezes, jogo é jogo, a vantagem do adversário era enorme. E havia três bolas na mesa. Apenas. O cinco, o seis e o sete. Meus olhos interrogavam os olhos sombreados de Vitorino. Sua mão subia no velho gesto, o indicador batendo no médio e no ar ficava o estalo. Enviava:

— Vai pras cabeças! Belisca esse homem, Meninão! — e eu beliscava, mordia, furtava, tomava, entortava, quebrava.

Vitorino era o patrão, eu ganhava, dividíamos a grana.

Aquilo. Aquilo me desgostava. Ô divisão cheia de sócios, de nomes, de mãos a pegarem no meu dinheiro!

Por exemplo: ganhava um conto de réis. Dividia com Vitorino, só me sobravam quinhentos. Pagava tempo e despesas, já eram só quatrocentos. Dava estia ao adversário: lá se iam mais dez por cento — só me sobravam trezentos. Dez por cento sobre um conto. Dava mais alguma estia... Ganhava um conto de réis, ficava só com duzentos.

Estava era sustentando uma cambada, sustentando Vitorino, seus camaradas, suas minas, seus...

— Um dia mando tudo pra casa do diabo.

Não mandava ninguém. Vitorino trocava as bolas, mexia os pauzinhos, fazia negaça, eu aceitava a sua charla macia.

Uma vez, quebrando Zé da Lua, jogador fino, malandro perigoso da caixeta, do baralho e da sinuca, eu ouvi esta, depois de ganhar dois contos:

— Meu, neste jogo não tem malandro.

E eu ia aprendendo — o joguinho castiga por princípio, castiga sempre, na ida e na vinda o jogo castiga. Ganhar ou perder, tanto faz.

Tinha juízo aquele Zé da Lua.

O jogo acabava, eu pegava os duzentos mil réis, tocava para casa. Ia murcho. Haveria briga com mamãe.

• • •

Jogo e minas.

E papai estando fora, eu já fazia madrugada, resvalando, sorrateiro. Eu evoluí um truque para a janela do meu quarto em noite alta eu chegando. Meter o ferro enviesado, por fora; destravar o fecho vertical...

Mamãe me via chegar, e às vezes, fingia não ver. Depois, de mansinho, eu me deitava. E depois vinha ela e eu fingia dormir. Ela sabia que eu não estava dormindo. Mas mamãe me ajeitava as cobertas e aquilo bulia comigo. Por que ia para o seu canto, chorosa?

Mamãe, coitadinha.

• • •

Larguei uma, larguei duas, larguei muitas vezes o joguinho.

Entrava nos eixos. No colégio melhorava, tornava-me outro, me ajustava ao meu nome.

Vitorino arrumava um jogo bom, me vinha buscar. Eu desguiando, desguiando, resistia. Ele dando em cima. Se papai estava fora, eu acabava na mesa. Tornava à mesa com fome das bolas, e era uma piranha, um relógio, um bárbaro. Jogando como sabia.

Essas reaparições viravam boato, corriam os salões, exageravam um Meninão do Caixote como nunca fui.

Vitorino, traquejado. Começava a exploração. Eu caía, por princípio; depois explodia, socava a mesa:

— Este joguinho de graça é caro!

Fechava a mão, batia e jurava em cima da mesa.

Mamãe readquiria seu jeito quieto, criatura miúda. Os pés pequenos voltavam a pedalar descansados.

• • •

Tiririca, o grande Tiririca, elas por elas, era quase taco invicto antes do meu surgimento. E não parava jogo perdendo, empenhava o relógio, anel, empenhava o chapéu, mas o jogo não parava. Ficava fervendo, uma raiva presa, que o deixava fulo, branco, furta-cor... Os parceirinhos gozavam à boca pequena.

— O bicho tá tiririca.

Ficou se chamando Tiririca.

Mas era um grande taco. Perdendo é que era grande. Mineiro, mulato, teimoso, tanta manha, quanta fibra. Um brigador. Um dos poucos que conheci com um estilo de jogo. Bonito, com puxadas, com efeitos, com um domínio da branca! Classe. Joguinho certo, ô batida de relógio, aparato, fantasia, cadência, combinação, ô tacada de feliz acabamento! A sua força eram as forras. Os revides em grande estilo. Porque para Tiririca tanto fazia jogar uma hora, doze horas ou dois dias. O homem ficava verde na mesa, curtia sono e curtia fome, mas não dava o gosto.

— O jogo é jogado, meu.

Levava a melhor vida. Vadiava, viajava, tinha patrões caros, consideração dos policiais. E, se o jogo minguava, Tiririca largava o taco e torcia o nariz com orgulho:

— Eu tenho meus bons ofícios.

Ia trabalhar como poceiro.

Bem. Tiririca se encabulou comigo, estrebuchou, rebolou comigo durante sete horas e perdeu. Tudo. Empenhou o paletó por cinquenta mil réis e perdeu.

— Esse moleque não é Deus!

Bem. Voltava agora, com a sede e o dinheiro, exigindo o reencontro, prometendo me estraçalhar.

— Quero a forra.

Vitorino me buscou. Eu não queria mais nada.

Do lado de lá da rua, em frente ao colégio, Vitorino estava parado. Passavam ônibus, crianças, passavam mulheres, bondes, Vitorino ficava. Dois meses sem vê-lo e ele era o mesmo. Eu lhe explicaria bem devagar que não queria mais nada com o joguinho. As coisas passavam de novo, Vitorino ficava. Ficava, ficava. Seu chapéu, suas mãos, sua camisa sem gravata. Magro, encardido, trapo, caricatura. Desguiei, busquei um modo:

— Não dá pé.

Vitorino cortou com um agrado rasgado. Como escapar àquele raio de simpatia e à fala camarada? Vitorino tinha uma bossa que não acabava mais! Afinal, cedi para bater um papo. Afinal, entre tacos...

— Nego, não dá pé.

Tiririca. A conversa já mudou. O malandro em São Paulo, querendo jogo comigo, aquilo me envaidecia... Tiririca me procurando.

Mas caí no meu tamanho, afrouxei, quase três meses sem pegar no taco, fora de forma, uma barata tonta, não daria mais nada.

— Que nada, meu!

Tiririca era um perigoso. Deveria estar tinindo.

— Mas você é a força!

Vitorino já me conhecia, aguentava, aguentava. Até que eu:

— Pois vou!

Ele se abriu no macio rebolado:

— Aí, meu Meninão do Caixote!

• • •

Era um domingo.

Dia claro, intenso, desses dias de outubro. Um sol... Desses dias de São Paulo, que ninguém precisa dizer que é domingo. Inesperados, dadivosos, e, no entanto, malucos — costumam virar duma hora para outra.

O último jogo. O jogo era em Vila Leopoldina, que assim marcou Tiririca. No ônibus uma coisa ia comigo. Era o último, perdesse ou ganhasse.

Bem falando, eu não queria nem jogar, ia só tirar uma cisma, quebrar Tiririca duma vez, acabar com a conversa. Não por mim, que eu não queria jogo. Mas pelo gosto de Vitorino, da curriola, não sabia. Saltei na rua de terra.

Ninguém precisava dizer que aquilo era um domingo...

— Ô Meninão do Caixote!

Na manhã quente, um que me saudava. Cobra já conhecido e muito considerado, eu encontrava nos bilhares amigos de muitos lados.

Prometera voltar a casa para o almoço. Claro que voltaria. Tiririca era duro, eu sabia. Deixá-lo. Eu lhe quebraria a fibra. Fibra, orgulho, teima, eu mandaria tudo para a casa do diabo. Já havia mandado uma vez...

A curriola estava formada quando o jogo começou.

O salão se povoou, se encheu, ferveu. Gente por todo o canto, assim era quando eu jogava e os homens carregavam apostas entre si. O dono do bar me sorria, vinha trazer o giz americano, vinha me adular. Eu cobra, mandão. As mãos de Vitorino atiçavam.

— Larga a brasa, Meninão! Dá-lhe, Meninão! Vamos deixar esse cara duro, durinho. De pernas pro ar!

Desacatos fazem parte da picardia do jogo. E na encabulação e no desacato Vitorino era professor.

Mas Tiririca estava terrível. Afiado, comendo as bolas, embocando tudo naquele domingo estava terrível. Contudo, na sinuca eu trazia uma coisa comigo. Mais jogasse o parceirinho, mais eu jogaria. Uma vontade desesperada me crescia, me tomava por inteiro e eu me aferrava. Jogava o jogo. Suor, apertava os beiços e me atirava. Não queria saber de mais nada. Então, era um relógio, um bárbaro no fogo do jogo, não havia mais taco para mim. E se o jogo era mole eu também me afrouxava.

Tiririca era um sujeito de muito juízo. Mas, na velha picardia, eu lhe fui mostrando aos poucos os meus dentes de piranha. E quando o mulato quis embalar o jogo a linha de frente era minha.

Uma e meia no relógio do bar e eu pensei em mamãe. Ali, rodando a mesa, o caixote para aqui, para ali, como as horas voavam!

Começamos, por fim, as partidas de um conto.

Fui ao mictório, urinei, lavei a cara. Lavando aos poucos, molhando as pálpebras, deixando a água escorrer. Pensei com esperança em liquidar logo aquele jogo; mamãe estaria esperando.

Voltei, ajeitei o caixote. A curriola me olhava. Assim, sempre assim, os olhos abotoados na gente, tudo para enervar. Raiva daquele jogo não acabar duma vez. Passei giz americano no taco.

— A saída é minha.

Como aquilo se prolongava e como era dolorido! Ganhei uma, ganhei duas, Tiririca estava danado.

— Vai a dois contos! Se eu perder, paro o jogo.

Tiririca parar o jogo? Parava nada, aquele não parava. Perdia as cuecas, perdia os cabelos, mas o jogo não parava.

No entanto, daquela mão, o mineiro já estava quebrado; sem nada, quebradinho. Arriscando os últimos. Vitorino sério, firme, de pé, era muito dinheiro numa partida. E se o jogo virasse?... A força de Tiririca eram as forras.

Suspirei, alívio, suor frio, luz da esperança. Luz da certeza, que o jogo era meu! Estourei num entusiasmo bruto, que a curriola se espantou. Minha mão se fechou no ar e o indicador quase espetava o peito de Tiririca.

— Vou te quebrar, moço. Vou te roubar depressinha!

O mineiro dissimulava a raiva:

— O jogo é jogado...

Puxei o caixote, ajeitei, giz no taco, bastante giz, giz americano, do bom. E saí pela bola cinco!

Uma saída maluca, Vitorino reprovou. Mas o cinco caiu. Vitorino suspirou:

— Que bola!

A curriola se assanhou, cochichos, apostas se dobravam.

Elogiado, embalado, joguei o jogo. Joguei o máximo, na batida em que ia, Tiririca nem teria tempo de jogar, que eu ia fechar o jogo, acabar com as bolas. Ia cantando os pontos:

— Vinte e seis.

A curriola estava boba. O dono do bar parado, na mão um litro vazio de boca para baixo. Vitorino saltou da cadeira, açambarcou todas as alegrias do salão, virou o dono da festa. Numa agitação de criança, erguia o braço magrelo.

— Este bichinho se chama Meninão do Caixote!

Tiririca estatelado, escorava-se ao taco. Batido, batidinho. Uma súplica nos olhos do malandro, quando a bola era lenta e apenas deslizava mansinha, no pano verde. Tiririca perdia a linha:

— Não cai, morfética!

A bola caía. Eu ia embocando e cantando:

— Setenta e um...

Duas bolas na mesa — o seis e o sete. Dei de olhos na colocação da branca, nas caçapas, nas tabelas, e me atirei. Duas vezes meti o seis e o sete meti duas vezes. Fechei a partida com noventa pontos; foram vinte minutos embocando bolas, um bárbaro, embocando, contando pontos e Tiririca não teve chance. Ali parado, olhando, o taco na mão.

O jogo acabou. Primeiras discussões em torno da mesa, gabos, trocas de dinheiro.

Vinha chorosa de fazer dó. Mamãe surgindo na cortina verde, vinha miudinha, encolhida, trazendo uma marmita. Não disse uma palavra, me pôs a marmita na mão.

— O seu almoço.

Um frio nas pernas, uma necessidade enorme de me sentar. E uma coisa me crescendo na garganta, crescendo, a boca não aguentava mais, senti que não aguentava. Ninguém no meu lugar aguentaria mais. Ia chorar, não tinha jeito.

— Que é? Que é isso? Ô Meninão!

Assim me falavam e ao de leve, por trás, me apertavam os braços. Se foi Vitorino, se foi Tiririca, não sei. Encolhi-me.

O choro já serenando, baixo, sem os soluços. Mas era preciso limpar os olhos para ver as coisas direito. Pensei, um infinito de coisas batucaram na cabeça. As grandes paradas, dois anos de taco, Taquara, Narciso, Zé da Lua, Piauí, Tiririca... Tacos, tacos. Todos batidos por mim. E agora, mamãe me trazendo almoço... Eu ganhava aquilo? Um braço me puxou.

— Me deixa.

Falei baixo, mais para mim do que para eles. Não ia mais pegar no taco. Tivessem paciência. Mas agora eu estava jurando por Deus.

Larguei as coisas e fui saindo. Passei a cortina, num passo arrastado. Depois a rua. Mamãe ia lá em cima. Ninguém precisava dizer que aquilo era um domingo... Havia namoros, havia vozes e havia brinquedos na rua, mas eu não olhava. Apertei meu passo, apertei, apertando, chispei. Ia quase chegando.

Nossas mãos se acharam. Nós nos olhamos, não dissemos nada. E fomos subindo a rua.

(In *Malagueta, Perus e Bacanaço* incluindo *Malhação do Judas carioca*. São Paulo, Clube do Livro, 1987.)

NOTAS BIOGRÁFICAS

ÁLVARES DE AZEVEDO

Manuel Antônio Álvares de Azevedo nasceu em São Paulo, em 1831, e faleceu no Rio de Janeiro, em 1852. Apesar da curta vida, é o melhor representante da poesia ultrarromântica brasileira. Sua obra foi toda publicada postumamente e a inclusão de seu nome nesta coletânea justifica-se por um pequeno volume de contos que escreveu — *Noite na taverna* —, experiência única em nosso Romantismo de uma prosa de cunho macabro.

Esse livro compõe-se de uma sucessão de contos narrados por rapazes boêmios e embriagados que estão reunidos numa taverna para mais uma noite de orgia. Cada um deles narra um caso pessoal, sempre trágico. São histórias macabras de paixão, morte, perversão sexual, violência etc., num clima de sonho e delírio.

Suas obras principais são: *Lira dos vinte anos* (poesia); *Noite na taverna* (conto); *Macário* (drama).

ANTÓNIO DE ALCÂNTARA MACHADO

António Castilho de Alcântara Machado de Oliveira nasceu em São Paulo, em 1901, e faleceu no Rio de Janeiro, em 1935.

Embora não tenha participado da Semana de Arte Moderna de 1922, Alcântara Machado foi um dos escritores mais ativos na divulgação e defesa das ideias modernistas, tendo colaborado nas revistas *Terra Roxa e Outras Terras, Revista de Antropofagia* e *Revista Nova.*

Sua obra mais importante é o livro de contos *Brás, Bexiga e Barra Funda*, que ele mesmo classificou de "acontecimentos de crônica urbana" e "episódios de rua". Esses contos se passam geralmente nos bairros pobres da cidade de São Paulo e focalizam, sobretudo, os imigrantes italianos com seus problemas de integração na sociedade paulistana e seu dia a dia sacrificado e obscuro. Interessando-se por esses aspectos da vida cotidiana, Alcântara Machado realizava, com seu estilo conciso, pleno de expressões populares, uma das principais aspirações do Modernismo: representar a nova realidade social e urbana do começo do século.

O conto selecionado, "Gaetaninho", é um dos seus "episódios de rua" que nos toca profundamente com seu epílogo surpreendente.

Suas obras principais são: *Brás, Bexiga e Barra Funda*, 1927; *Laranja-da-China*, 1928.

ARTUR AZEVEDO

Artur Nabantino Gonçalves Belo de Azevedo nasceu no Maranhão, em 1855, e faleceu no Rio de Janeiro, em 1908. É um importante autor de teatro da nossa literatura, sendo considerado um sucessor de Martins Pena, famoso comediógrafo do Romantismo. Embora tenha dedicado praticamente a vida toda ao teatro, como autor, tradutor, produtor e crítico, escreveu também alguns livros de contos, que mostram aguda capacidade de observação, aliada a um humor fino e, por vezes, sarcástico.

Suas obras principais são: *A capital federal*, 1897; *O dote*, 1907 (teatro); *Contos fora de moda*, 1894; *Contos efêmeros*, 1897; *Contos possíveis*, 1908 (conto).

BERNARDO ÉLIS

Bernardo Élis Fleury de Campos Curado nasceu em Goiás, em 1915, e aí faleceu, em 1997. Foi um dos primeiros divulgadores do Modernismo em Goiás e destacou-se no panorama literário brasileiro com a publicação do livro de contos *Ermos e gerais*, em 1944, que focalizava a vida rude do sertão, a exploração do homem do campo. Essa preocupação com o social continuaria presente em suas outras obras, consagrando o autor como um dos nomes mais importantes da literatura regionalista brasileira.

O conto selecionado, "Nhola dos Anjos e a cheia do Corumbá", é um bom exemplo da arte de Bernardo Élis em aproveitar literariamente o falar típico da gente do sertão e em condensar, em poucas páginas, um drama humano.

Suas obras principais são: *Ermos e gerais*, 1944; *Caminhos e descaminhos*, 1965; *Veranico de janeiro*, 1966; *André Louco*, 1978 (conto); *O tronco*, 1956 (romance).

BERNARDO GUIMARÃES

Bernardo Joaquim da Silva Guimarães nasceu em Ouro Preto, em 1825, e aí faleceu, em 1884. Foi jornalista, juiz e professor, mas gostava mesmo era de escrever literatura, tendo deixado uma obra extensa e de valor desigual, composta de romances, novelas, contos, poesias e uma peça de teatro. Dessa obra, são muito lidos ainda hoje os romances *A escrava Isaura* e *O seminarista.*

Bernardo Guimarães pertence ao movimento romântico e é um dos principais representantes da linha regionalista, cuja preocupação principal era fixar os tipos humanos e os costumes do sertão brasileiro.

Dos poucos contos que produziu, "A dança dos ossos", segundo o crítico Herman Lima, "pela fluência e movimentação da narrativa, pela sua densidade e pelo tom dramático, além do despojamento do estilo (...) pode ser considerado o precursor de toda a literatura regional do gênero".

Suas obras principais são os romances: *O seminarista,* 1872; *A escrava Isaura*, 1875.

CLARICE LISPECTOR

Clarice Lispector nasceu na Ucrânia em 1925. Veio para o Brasil com dois meses de idade e faleceu no Rio de Janeiro em 1977. Desde a primeira obra, o romance *Perto do coração selvagem*, publicada quando ela tinha 19 anos, logo se percebeu seu esforço em querer atingir as camadas mais profundas da consciência, buscando o significado da existência e do próprio ato de escrever. Por isso, em seus romances e contos, o interesse principal não está no desenvolvimento do enredo, mas na busca da repercussão que os fatos têm sobre a consciência das personagens. Trata-se, portanto, de uma literatura introspectiva, que mergulha fundo no interior do ser humano para revelar suas dúvidas e inquietações.

Publicou vários livros de contos, entre os quais se destacam: *Laços de família*, 1960; *A legião estrangeira*, 1964; *Felicidade clandestina*, 1971; *Imitação da rosa*, 1973; *A via-crúcis do corpo*, 1974; *Onde estivestes de noite*, 1974; *Um sopro de vida*, 1978.

COELHO NETO

Henrique Coelho Neto nasceu no Maranhão, em 1864, e faleceu no Rio de Janeiro, em 1934. Autor muito fecundo, produziu uma obra vastíssima, composta de dezenas de romances, contos, crônicas, fábulas, peças teatrais etc. Muito famoso e prestigiado em vida, foi, mais tarde, repudiado pelos modernistas, que viram em sua obra um exemplo da linguagem rebuscada e vazia que procuravam combater. Hoje em dia, a crítica revalorizou parte de sua obra, sobretudo os romances *Miragem, Inverno em flor, O morto, Turbilhão, Rei negro* e alguns de seus contos, como "Os pombos", "Os velhos", "Mau sangue" e "Firmo, o vaqueiro".

Suas obras principais são os romances: *Miragem*, 1895; *Inverno em flor*, 1897; *O morto*, 1898; *Turbilhão*, 1906; *Rei negro*, 1914.

DALTON TREVISAN

Dalton Trevisan nasceu no Paraná, em 1925. Seu nome tornou-se nacionalmente conhecido em 1959, com a publicação do livro *Novelas nada exemplares*. Dono de um estilo objetivo e seco, desnuda impiedosamente as misérias do quotidiano. Suas personagens atormentam-se e destroem-se, perdidas entre os atos banais de uma existência vazia. Fazendo de Curitiba seu microcosmo, Dalton Trevisan realiza em seus contos uma análise penetrante e amarga das relações humanas, como se pode perceber no conto selecionado, "Quarto de hotel", revisto pelo autor especialmente para esta coletânea.

Publicou vários livros de contos, entre os quais se destacam: *Novelas nada exemplares*, 1959; *A morte na praça*, 1964; *Cemitério de elefantes*, 1964; *O vampiro de Curitiba*, 1965; *Os desastres do amor*, 1968; *Mistérios de Curitiba*, 1968; *A guerra conjugal*, 1969; *O rei da Terra*, 1972; *O pássaro de cinco asas*, 1974; *A faca no coração*, 1975; *Abismo de rosas*, 1976; *Virgem louca, loucos beijos*, 1979; *Lincha tarado*, 1980; *Chorinho brejeiro*, 1981; *Essas malditas mulheres*, 1982; *Meu querido assassino*, 1983; *Contos eróticos*, 1984; *Pão e sangue*, 1988; *Pico na veia*, 2002; *Capitu sou eu*, 2003; *Arara bêbada*, 2004.

JOÃO ANTÔNIO

João Antônio nasceu em São Paulo, em 1937 e faleceu no Rio de Janeiro, em 1996. Seu mundo ficcional é povoado de figuras dos bairros pobres e dos subúrbios da cidade do Rio de Janeiro e de São Paulo. Numa linguagem inovadora, plena de gírias e coloquialismos, recriou as peripécias e os dramas dos que lutam diariamente pela sobrevivência, sem se esquecer do mundo dos marginais, das prostitutas, dos infelizes sem eira nem beira. Sua forma de narrar, como diz o crítico Fausto Cunha, "estabelece uma ligação direta, e por vezes instantânea, entre o leitor e os seres humanos que enfoca. (...) *Meninão do caixote*, se quisermos ser absolutamente sinceros, é uma obra-prima do conto brasileiro".

Suas obras principais são: *Malagueta, Perus e Bacanaço*, 1963; *Leão de chácara*, 1975; *Dedo-Duro*, 1982; *Abraçado ao meu rancor*, 1986.

LIMA BARRETO

Afonso Henriques de Lima Barreto nasceu no Rio de Janeiro, em 1881, e aí faleceu, em 1922. A posição de destaque ocupada por Lima Barreto em nossa literatura deve-se ao tom crítico com que representou a sociedade carioca do começo do século XX, sendo considerado o principal prosador pré-modernista. Em seus romances e contos, denunciou o preconceito de cor, a exploração dos pobres e humildes, a hipocrisia e a corrupção das classes dirigentes, fazendo da literatura uma forma de protesto contra as injustiças sociais.

Suas obras principais são: *Recordações do escrivão Isaías Caminha*, 1909; *Numa e Ninfa*, 1915; *Triste fim de Policarpo Quaresma*, 1915; *Vida e morte de M. J. Gonzaga de Sá*, 1919 (romance); *Histórias e sonhos*, 1920 (conto).

LYGIA FAGUNDES TELLES

Lygia Fagundes Telles nasceu em São Paulo em 1923. Sua obra literária, composta de romances e contos, é uma das mais importantes de nossa literatura contemporânea, focalizando com grande sensibilidade os problemas das relações humanas, os desencontros, as dificuldades de comunicação e os conflitos psicológicos. O conto selecionado, "Antes do baile verde", ilustra muito bem a habilidade da autora em mergulhar no mundo interior das personagens, revelando seus dramas e conflitos.

Publicou vários livros de contos, entre os quais se destacam: *Praia viva*, 1944; *O cacto vermelho*, 1949; *Histórias do desencontro*, 1958; *Histórias escolhidas*, 1964; *O jardim selvagem*, 1965; *Antes do baile verde*, 1970; *Seminário dos ratos*, 1977; *Filhos pródigos*, 1978; *Mistérios*, 1981; *A noite escura e mais eu*, 1995.

MACHADO DE ASSIS

Joaquim Maria Machado de Assis nasceu no Rio de Janeiro em 1839 e aí faleceu em 1908. É considerado o melhor escritor do século XIX no Brasil e um dos mais importantes da história da literatura em língua portuguesa.

Machado de Assis é o nome mais destacado do nosso Realismo, tendo deixado uma obra extensa e variada. Dedicou-se à crônica, à poesia, ao teatro, à crítica literária, mas sobressaiu no romance e no conto.

Dotado de grande talento para a história curta, Machado de Assis escreveu um grande número de contos — alguns deles são verdadeiras obras-primas de análise do comportamento humano, como se pode observar pelo conto reproduzido nesta antologia.

Suas obras principais são: *Ressurreição*, 1872; *A mão e a luva*, 1874; *Helena*, 1876; *Iaiá Garcia*, 1878; *Memórias póstumas de Brás Cubas*, 1881; *Quincas Borba*, 1891; *Dom Casmurro*, 1899; *Esaú e Jacó*, 1904; *Memorial de Aires*, 1908 (romance).

Crisálidas, 1864; *Falenas*, 1870; *Americanas*, 1875; *Poesias completas* (incluindo *Ocidentais*), 1901 (poesia).

Contos fluminenses, 1870; *Histórias da meia-noite*, 1873; *Papéis avulsos*, 1882; *Histórias sem data*, 1884; *Várias histórias*, 1896; *Páginas recolhidas*, 1899; *Relíquias da casa velha*, 1906 (conto).

MURILO RUBIÃO

Murilo Eugênio Rubião nasceu em Minas Gerais, em 1916, e aí faleceu, em 1991. É considerado o precursor da literatura fantástica no Brasil, tendo estreado em 1947 com o livro *O ex-mágico*.

Os contos de Murilo Rubião surpreendem o leitor pelas situações insólitas que apresentam, numa transfiguração da realidade em que coexistem o lógico e o absurdo, o verossímil e o fantástico, o real e o irreal.

Suas obras principais são: *O ex-mágico*, 1947; *A estrela vermelha*, 1953; *Os dragões e outros contos*, 1965; *O pirotécnico Zacarias*, 1974; *O convidado*, 1974; *A casa do girassol vermelho*, 1978.

OSMAN LINS

Osman da Costa Lins nasceu em Pernambuco, em 1924, e faleceu em São Paulo, em 1978. Sua obra revela uma incessante pesquisa formal e uma grande inventividade. Escreveu romances, contos, peças de teatro, ensaios, relatos de viagem e textos para a televisão, em tudo deixando sua marca de inquietação intelectual e criatividade. O conto selecionado, "A partida", permite perceber a grande habilidade de Osman Lins em revelar os dramas e conflitos interiores que se escondem por trás dos gestos aparentemente banais.

Suas obras principais são: *O visitante*, 1955; *O fiel e a pedra*, 1961; *Avalovara*, 1973; *A rainha dos cárceres da Grécia*, 1976 (romance); *Nove, novena*, 1994; *Os gestos*, 2003, ambos reeditados; *Os melhores contos*, 2003 (conto).

RICARDO RAMOS

Ricardo Ramos nasceu em Alagoas, em 1929, e faleceu em São Paulo, em 1992. É um dos principais contistas da nossa literatura contemporânea, focalizando com maestria os problemas existenciais, a tensão das relações humanas, os dramas da vida, como se pode perceber no conto "Matar um homem", reproduzido nesta antologia.

Publicou vários livros de contos, entre os quais se destacam: *Tempo de espera*, 1954; *Terno de reis*, 1957; *Os desertos*, 1961; *Rua desfeita*, 1963; *Matar um homem*, 1970; *Toada para surdos* e *Circuito fechado*, 1978; *Os inventores estão vivos*, 1980; *O sobrevivente*, 1984; *Os amantes iluminados*, 1988.

SIMÕES LOPES NETO

João Simões Lopes Neto nasceu no Rio Grande do Sul, em 1865, e aí faleceu, em 1916. Sua obra regionalista, composta de contos, é uma das principais do período pré-modernista. Além da exuberância de sua linguagem, que é um registro minucioso do falar gaúcho, seus contos trazem a preocupação em mostrar os valores, as alegrias e os dramas da gente dos pampas, dos vaqueiros. Interessado em captar o que há de essencialmente humano por baixo das aparências regionais, Simões Lopes Neto revela um agudo senso de observação psicológica das personagens, como podemos observar no famoso conto "Trezentas onças", reproduzido nesta antologia.

Suas obras principais são: *Contos gauchescos*, 1912; *Lendas do Sul*, 1913.

VALDOMIRO SILVEIRA

Valdomiro Silveira nasceu em São Paulo, em 1873, e aí faleceu, em 1941. É um dos primeiros autores de contos regionalistas e destaca-se pela preocupação em registrar fielmente os costumes e o falar típico do interior paulista, enfocando muitas vezes os dramas sentimentais.

Conforme afirma Dirce Cortes Riedel, os contos de Valdomiro Silveira "são quase todos histórias de amor, de amor venturoso ou de amor trágico, de saudades de amor, ou de traição de amor..."

É o caso do conto transcrito nesta antologia, "Esperando", brilhante pela análise psicológica e pela dramaticidade do enredo.

Publicou os seguintes livros de contos: *Os caboclos*, 1920; *Nas serras e nas furnas*, 1931; *Mixuangos*, 1937; *Lereias*, 1945.

WANDER PIROLI

Wander Piroli nasceu em Minas Gerais, em 1931. Tornou-se conhecido em 1966, ao lançar o livro de contos *A mãe e o filho da mãe*, revelando-se um autor maduro na análise de dramas sociais. Comentando esse livro, diz o crítico Fábio Lucas: "A eficácia narrativa do autor está muitos pontos acima da maciça maioria dos escritores brasileiros que tentaram fazer literatura de cunho social". Essa característica de Wander Piroli pode ser observada no conto apresentado nesta antologia, "Lá no morro", que surpreende o leitor com seu relato seco e pungente.

Publicou vários livros de contos, entre os quais se destacam: *A mãe e o filho da mãe*, 1966; *A máquina de fazer amor*, 1980; *Os melhores contos*, 1996; *Minha bela putana*, reeditado em 2004.